Sin ti no soy yo

Lourdes Vázquez

Sin ti no soy yo

Segunda edición revisada

Ediciones
El Gallo Rojo

2012 Segunda edición revisada/CreateSpace

Diseño: Edna Isabel Acosta

ISBN: 1475137753

ISBN: 978-1475137750

A mi madre y
a todos los espíritus que deambulan por Santurce.

Elegía

Con este corazón...
-Los Van Van

¿Quién murió? Mi madre del otro lado del océano me da detalles. Han muerto las tías abuelas. Una murió un día y al día siguiente murió la otra. Es como si una arrastrara a la otra. Una voló por los espacios y le tocó el hombro a la otra. Eso fue suficiente para que aquella comprendiera que era momento de partir y partieron. Abandonaron las fotos, los recuerdos, la memoria, el cariño, la risa e indicaron en su testamento que sus cenizas fuesen regadas en el Parque Central.

Las tías contrajeron nupcias con gente de Jamaica y Trinidad y fueron dueñas de un bosque imperial de plantas cannabis, que crecían tan altas como los humanos. Vivieron convencidas de que con el té de sus hojas se curaban todos los achaques. En días de celebración, añadían pedacitos de la planta mágica a los bizcochos y aperitivos. La gente se sentía feliz. Las risas de los niños se transformaban en plumas de pájaros acariciando mi piel. Amando la comida y la buena música, crecieron en carnes como réplicas gemelas de algún Buda cantante.

Un día decidieron mudarse a Nueva York y abrieron un laundry en el medio de Manhattan. Adoraban las islas, por eso decidieron vivir en esta isla podrida de pestes. En su laundry lavaban las calamidades y amarguras de los inmigrantes. No soy yo sin ti, le dijo al oído una a la otra. No soy yo, soy otra desperfecta e incompleta. No quiero estar condenada al limbo que me corresponde. Sin ti estoy predestinada a navegar en esta autopista sin salida, en medio de la demencia senil de las otras almas. Con este corazón que tienes te invoco, corazón clavado del herraje enmohecido, insisto, debemos partir. Y partieron.

Una tarde cualquiera de otoño he ido al parque. He ido en busca de las cenizas estrelladas contra el pasto, el barro, las ramas, las estatuas, las ardillas, los peces y las focas. A cada uno le ha salido una flor cannabis en su piel. El pasto con una flor cannabis es comprensible; lo que es difícil de comprender es la cantidad de estatuas, peces y focas florecidas.

En la palma de la mano
te quisiera retratar,
para cuando estés ausente
abrir la mano y mirar.

I

OYE LO QUE TE CUENTO. La casa de la familia fue construída por el abuelo Juan. Tiene balcón y un patio lleno de rosas de mármol, un techo a dos aguas que es amarrado en tiempo de huracán con soga de barco y un árbol de caoba que la brisa del océano arrulla a todas horas. La casa fue decorada por la abuela María con la ayuda de las tías abuelas. Ellas escogieron las losetas con flores moradas y hojas negras que unos mallorquines remataban al ciento. Todo el mundo en aquel barrio conoce esa casa, porque en su sala el abuelo Juan fundó un templo espiritista para aliviar las quejas de las almas, que son muchas. Cuanto curioso perdido por el barrio y todo aquel en busca de empleo, cesante o desempleado que es lo mismo y da igual va a parar a aquella sala. La cantidad de testimonios de presencias iluminadas ha dado pie a una procesión de desventurados en busca de curas para enfermedades, hechizos para retener maridos y fórmulas para eliminar desventuras personales. Una vez éstos son aliviados por los espíritus, salen en estado de gracia repitiendo oraciones de fe, y con docenas de instrucciones para limpiar el aura y aclarar la energía espiritual de sus entornos.

Las sesiones se llevan a cabo los martes por la noche, porque es cuando la energía maléfica es más intensa en el planeta. Nunca se llevan a cabo de día, a menos que exista alguna emergencia; ya que de día la isla anda muy caliente y los espíritus se afectan por el calor, degenerando en incongruencias. Los espíritus incongruentes son difíciles de disciplinar y van por todo el barrio asustando ancianos, niños y animales, por ejemplo: se apoderan del dinero guardado en latas de galletas, raptan niños pequeños para jugar con ellos como si fueran bolas de ping-pong, besan a los animales dejándoles unas llagas verdes como hongos sin cabeza; y por si esto fuera poco, se columpian en los árboles de mangós produciendo una mierda amarilla que cagan encima de las casas y en las cúpulas de las iglesias. No es intencional todo este desorden, sino la consecuencia directa del vaporizo intenso que azota a la isla. No obstante, estos fenómenos han dado pie a la leyenda de que el barrio está embrujado.

-Pamplinas. Lo que sucede es que las reglas del infinito son distintas a las reglas materiales, ha sido el pronunciamiento del abuelo Juan.

El abuelo recibió su primera lección espiritista a la orilla del Caño un brazo de mangle que da al mar por donde se aflojan los desperdicios humanos del barrio. Al pie de ese montón de agua sucia, espesa y pestilente un grupo de garzas, pelícanos y cuervos acostumbrados a la basura, se mantienen revoloteando en medio de un infierno de casitas hechas con despojos de tablones, cinc y yagua. No hay alambrados eléctricos, ni agua potable y los vecinos del mangle cocinan en leña, funche con arroz y habichuelas. Como tampoco hay alcantarillas, todo el mundo caga en letrinas y el que no tiene letrina, se tira al mangle a cagar unos mojones inmensos que flotan como tronquitos de árboles enanos. En uno de los predios de aquel túnel de agua, mierda y raíces de mangle, unas Viejas tienen una cosecha de lechugas. Este sembradío es alimentado con un abono hecho de amapolas, raíz de mangle, polvos de imán y sangre de murciélago. Hágase una pasta y forménse granos pequeños. El grano debe ser quemado en una pequeña estufita alimentada con carbón vegetal y laurel. Para encender el fuego se usará una mecha y una vela que no hayan sido usadas anteriormente. Una vez el abono está listo se espolvorea sobre la raíz de la lechuga sin que toque la hoja, mientras se le canta al siervo y señor de la cosecha: hoja verde, hoja verde trasmite la verdad sin que te cueste. **¿Oiste eso mi Candela?**

[Esta es la historia de un gato que tenía los pies...] Allá en la orilla del caño, unos cuantos pescadores haitianos habitaban en casuchas trepadas en zancos y forradas con ventanas de cinc con vista al agua. En medio de la peste infernal del canal, en un ranchón de jagua madura, se reunían todas las noches para practicar vudú, santería y espiritismo. Fabián era el médium más respetado y todo el mundo acudía a él para resolver todo tipo de problemas. El abuelo Juan iba siempre en busca de Fabián porque ese asunto de hechicería y magia negra no le interesaba. Lo que le apasionaba era la mesa blanca. Todo lo que sabe mi abuelo Juan se lo debe a Fabián, incluyendo el propio secreto de La Rosa de Jericó, **[de trapo]** un moriviví acuático parecido a una telaraña húmeda que de solo tocarla despide una baba transparente. Esta baba se riega por todo el aura espírita causando un ardor feroz. Es particularmente eficaz con el maléfico.

La abuela María tiene sembrada en agua varias Rosas de Jericó y las ha distribuido por toda la casa. A la Rosa de Jericó se le echa agua fresca todos los días, para mantenerla viva y atenta a las tribulaciones. El problema es que el agua atrae el mosquito Aedes Aegiptis, ha dicho el Surgeon General, por eso a mi abuela María se le ocurrió tapar las jarras con una pequeña tela de seda. Los gusanos que trabajan la seda tienen una propiedad espírita estudiada por los médiums orientales, de forma tal, que los reflujos de las clarividencias no se afectan. Fabían además, leccionó al abuelo en la identificación de golpes de mesa y sa cudidas de médium, le agudizó el olfato y la vista para que distinguiera el olor a azufre, y los secretos de la lechuga macerada; así como también a localizar en medio de las galaxias aquellos espíritus con poderes suficientes como para aniquilar todos los problemas cotidianos. Fabían partió a la otra vida cuando se atragantó unos pasteles con carne de cerdo magra. Antes de morir dijo que no lo invocaran después de muerto, porque no vendría y así ha sido. Fabián nunca es invocado en las sesiones espiritistas porque se sabe que no vendrá. A quienes se puede invocar son a Eusapia Palladino y a Rosendo Matienzo Cintrón, en adelante llamado RMC.

Eusapia Palladino generalmente aparece al iniciarse una sesión espiritista o cuando hace su entrada algún alma obsesada. Es además el espíritu anunciador, aquel que trae las buenas y malas noticias. Sobre Eusapia Palladino han escrito las autoridades sobre el tema en España, Francia, Inglaterra e Italia, que son los países que van a a la cabeza de este movimiento. Tiene más de cuatro mil años y ha existido desde los tiempos de los primeros pobladores en la remota China. Como miembro de la Fraternidad Blanca del Tibet, trajo a colación que los ruidos en las paredes y muebles, los bailes de mesa y las mil manifestaciones más que se conocen hoy con el nombre de espiritismo, se llevan a cabo ajustándose a instrucciones de los hermanos de esta Fraternidad. Por su condición etérea y sus muchos años ha viajado el planeta entero habiéndose reunido con los médicos brujos del Amazonas y con los gitanos de la antigua Eslovaquia. Posee la sabiduría de la medicina china y es uno de los pocos espíritus que conoce el secreto de la Flor de Jericó.

Por cada hijo por nacer en aquella casa, Eusapia Palladino adivinó con sus poderes espiritistas las características de éste, su sexo y los problemas que enfrentaría en su vida terrenal. Es por esto que mis abuelos estuvieron prevenidos de la avalancha de hijos que llegaría. Cuando nació Felipe, Eusapia Palladino lo adivinó con la música por dentro y lo bañaron en plantas para suavizarle la malicia; a Carmen le fabricó una mano de azabache para repelar las malas intenciones; a Cecilia la santiguó con agua del pozo de la virgen de Lourdes que se encuentra en la carretera número uno hacia Ponce; a Claudia Luz le colgó el talismán dorado del pesebre e impartió instrucciones para que por nueve días se le pusiera la cota al revés; a Minerva la envolvió en un paño blanco amarrado a una cruz de carey con ruda, no vaya a ser que se le confunda el carácter; a Fernando le recitó el conjuro de la virgen del río: Higo, higo, higo, la virgen del río aquí va contigo.

RMC, es el espíritu ilustrado de un político, intelectual, liberal, masón, espiritista, senador, esposo ejemplar, escritor, poeta, ensayista, médico, abogado, filántropo, amante del arte y las buenas tradiciones, aficionado a la ópera y la música sacra y fundador de la Sociedad de Amigos del País. Ingresó a la masonería con el seudónimo de Águila Roja, realizando una intensa labor política y filántropica y en donde se le concedió el grado 33, más el título de Soberano Inspector Comendador. Fue Venerable Maestro de la Logia Oriente Medio número 13 de Mayagüez y más tarde Gran Maestro Nacional, infiltrando siempre las doctrinas masónicas y espiritistas en la vida pública y privada.

Mucho más se ha dicho de RMC. Por ejemplo, que también veneró a los Caballeros Templarios, conocidos guerreros y banqueros, además de devotos de María Magdalena, llevando a cabo numerosas peregrinaciones a sus templos allá en la madre patria. Aunque la Orden del Temple fue perseguida, disuelta y censurada, su Gran Maestre quemado en la hoguera y muchos de sus caballeros martirizados por el Papa Clemente V, ésta ha continuado su misión de forma clandestina. Allí se educó con monjes devotos de la tradición de Jano y devotos a su vez de la virgen negra, la diosa de la tierra. Por ende RMC es un espíritu que tiene mucha demanda, ya que es convocado por logias, sociedades secretas, legisladores, banqueros e inversionistas, gobernantes y burócratas gubernamentales, además de desempleados, obreros, sirvientas, putas y exilados políticos.

-RMC, dígame, ¿cúando voy a regresar a mi país? ¿Cúando voy a ver a mi mujer y a mis hijos? ¿Cúando mis enemigos me dejarán quieto? ¿Cúando debemos escondernos? ¿Cúando debemos salir del escondite?

2

PARA DAR UNA IDEA a los lectores de la seriedad de este templo, debo añadir al relato la transcripción de una entrevista a Doña Clotilde Suárez Moczó, esposa de un senador muy prominente. Doña Clotilde era del Alto de Cangrejos. Sus padres llegaron de las Islas Baleares sin una peseta encima y con mucho esfuerzo levantaron una panadería en el casco de San Juan. A doña Clotilde la educaron dentro de los preceptos de la Iglesia Católica y con un gran temor a Dios. Visitaba la casa de los abuelos, se sentaba discretamente en la parte de atrás de la sala y escuchaba fervorosamente el diálogo espírita mientras cargaba su rosario en la mano derecha. Doña Clotilde gentilmente ha concedido su tiempo para ser entrevistada. La entrevista fue breve, pero al grano:

> "Al norte del Alto del Olimpo existía un hospitalillo, de esos que el gobierno inaugura con cintas en rojo y azul. Dos parturientas perdieron sus criaturas y el cura de la Iglesia de Cangrejos estuvo presente. Así era el cura, no dejaba pasar una sola oportunidad para colmar de atenciones a todos los feligreses de su parroquia. Ante la pérdida de algún

ser querido, estaba por lo menos una hora consolando a los afectados. En las celebraciones de cumpleaños, bautizos, bodas y aniversarios les enviaba alguna monja o monaguillo a celebrar la bienandanza.

Los sermones de sus misas nunca fueron nada espectacular, en ocasiones podríamos decir hasta incoherentes, pero los vecinos del litoral entendían era nuestra poca comprensión de los oficios divinos. De todas sus obligaciones y servicios lo que más le entusiasmaba era atender a los niños de la parroquia. Esta actividad la realizaba con bastante frecuencia.

Los feligreses de la Iglesia de Cangrejos, contados uno por uno no llegaban a cien personas entre ricos y pobres. Todos los domingos, religiosamente, participábamos de la misa dominical, sin hacer preguntas y sin precisar quién era ese nuevo ecónomo que ofrecía el sermón de un tiempo a esta parte. Recibimos la comunión y dimos gracias especiales por el altar de madera recientemente confeccionado por uno de los artesanos del barrio. Después de la misa nos trasladamos al patio trasero para tomar una limonada hecha con los limones del árbol de la casa parroquial. Nadie se atrevió a indagar directamente, aunque algunos comentaban en voz baja la ausencia de nuestro cura. Se sucedieron seis domingos y seis ecónomos compartieron la limonada rebosante de hielo.

Una tarde recibimos la visita del secretario del obispo de San Juan. Para nuestra consternación, nos informó que nuestro cura había sido declarado incompetente por la diócesis y andaba pasando una temporada en el centro para enfermos mentales de Mayagüez. Nos informaron que éste intentó suicidarse cuando se enteró que su hermano tomó su auto prestado, un Plymouth negro, cometiendo un crimen en el mismo. Todavía las manchas de sangre están empegostadas en la alfombra del vehículo. Esta situación le produjo un desajuste emocional del cual no ha podido recuperarse. El secretario nos pidió discreción y continuó enviando ecónomos a nuestra parroquia.

La época de los limones finalizó y los árboles de mangó reventaron. El cuchicheo sobre nuestro cura delicado de salud se intensificó, mientras comíamos pasta de mangó cada domingo. Una tarde de intenso calor, un boletín radial de última hora informó a la ciudadanía que el cura de la Iglesia San Mateo se había suicidado. Yo preparaba una limonada con los limones de la casa parroquial que todavía quedaban y mientras exprimía la pulpa de la fruta escuché la noticia. La policía, investigando un crimen cometido en el auto de éste, encontró una docena de fotos de niños desnudos. El parte policíaco señalaba que éste había sido su segundo intento de suicidio.

El Obispo de San Juan fue de visita a nuestra parroquia y dijo estar profundamente afligido por la inesperada muerte de su hermano en el sacerdocio. Un cura es un cura para siempre pensamos y comenzamos a interrogar a nuestros hijos. Desde ese día perdí la fe en los curas y visité con frecuencia la sala de la casa de los espiritistas. Todo lo que hacen ellos es en pleno escenario y no se esconden en cuartos oscuros con nuestros hijos." (Cinta #1, lado A)

Oración a la Rosa de Jericó

Todos atentos a la oración que dará comienzo en estos momentos. Divina Rosa de Jericó: por la bendición que de nuestro señor Jesucristo recibiste, por la virtud que tu encierras y por el poder concedidos, ayúdame a vencer las dificultades de la vida, dame salud, fuerzas, felicidad, tranquilidad y paz en mi hogar, suerte en mis negocios, habilidad en el trabajo para ganar más dinero con que cubrir mis necesidades y las de mi hogar y toda mi familia. Divina Rosa de Jericó: todo esto te lo pido por la virtud que tu encierras, en amor a Cristo Jesús y su grandiosa misericordia.

Amén.

3

THE PURPOSE OF THE BILL *is to grant the status of permanent residence to 150 Galician workers. The bill provides for the appropriate deductions and for the payment of the required head taxes and visa fees.* ¡Qué va chica! Así ha sido siempre. El permanent status se le da a todo el mundo: venezolanos, españoles, dominicanos, cubanos, haitianos. ¡NO! Haitianos NO porque son negros. Con los que hay aquí son suficientes.

-¡Chhhh, susurró Pilar que desde una de las butacas cerca de las ventanas contemplaba el velo de la noche. La luna se escondía detras del caobo y un aleteo de alas de murciélago se escuchó, azorando los contornos de las ramas. El aire trajo el sonido de un pájaro nocturno que se destacaba sobre el ruido de las sillas, el movimiento de zapatos subiendo y bajando las escaleras y el murmullo de la gente en el templo. Era Pilar, que inquieta permanecía a la espera de que el espíritu de Eúsapia Palladino se manifestara.

-Comadre, lo que sucedió en su casa de usted fue una maldad de algún espíritu abobao por el calor. Sahumerio y velas pa' refrescar el ambiente de ese hogar. Un Sahumerio bien cargao con incienso y mirra y las velas que sean de una botánica que prepare cocimientos pa' Mesa Blanca, no de esa otra brujería y pa' protejerse usted, unos baños de flores blancas de mucho olor, dejándolas al sereno por siete días. Así va a quedar bien protejía. No se olvide de unas oraciones a to' el que puea. Comadre, lo cierto del caso es que no ha acabado con las pruebas espirituales de la vida material; pero puede darse golpes en el pecho, ya que serán pruebas que la ayudarán en su progreso espiritual.

-Es mentira todo este embuste de más pruebas, que si sucede otra desgracia familiar de puro coraje caigo en el ataúd espatarrá de ira. Que ya está bueno de sufrimiento, contestó Pilar.

-En nada sirve la rebeldía, muchacha. Te llena de angustias y pesares y atrasa el desarrollo de tu alma, le murmuró al oído el abuelo Juan.

-Calma, calma, mucha calma muchacha, enfatizó la abuela María.

-¿Cúanta más calma? Esperar con paciencia a que venga un truck de cemento y me espacharre las pocas esperanzas que me quedan.

Pilar es mi madre y una de las tantas curiosas del vecindario que paraba a escuchar lo que los espíritus tenían que decir. Su madre, la vieja Francisca, falleció cuando Pilar era una niña. Francisca aligerando el paso por la orilla de la carretera, caminaba con una canasta de ropa trepada en la cabeza. Venía furiosa, agria, desanduviendo el camino hasta su casa luego de una trifulca con Siete Varas la gallega. La abuela Francisca vivió y murió después de haber soportado las humillaciones de Siete Varas, la amante del abuelo Cristóbal. Tal vez esa fue una de las razones para no parirle más hijos, llenándose el roto de hierba mora azul cocida, cada vez que el abuelo Cristóbal se trepaba encima de ella. La hierba mora azul es buena para evitar hijos y para aliviar los sudores de la menopausia. Es por esta razón que siempre encontrará sembradíos en el Caño y en los patios de las casas de Concha la Tetona, Siete Varas la Gallega, Lula La Ojos y Madame Chloé la haitiana. Para compensar el dinero que Siete Varas le sacaba al abuelo Cristóbal, la abuela Francisca puso una banca de bolita en la cocina y mientras planchaba ropa a domicilio atendía el negocio de los números, hasta que una noche la Insular Police entró por la cocina y se llevó a la abuela Francisca con cargos de mantener una banca clandestina.

-¡Imposible! Mi esposa es una señora seria y respetuosa de las leyes, exclamó el abuelo Cristóbal, mientras le metía un par de billetes en el bolsillo al sargento.

4

SIETE VARAS VIVÍA en Seboruco, un barrio que daba a uno de los manglares del Caño y vestía con una falda ancha llena de enaguas. Con un cuerpo sólido, de caderas estrechas y espalda ancha y una mirada picaresca, no se sabe cómo llegó a aquella barriada, junto a un montón de gallegos malhablados que de tarde cantaban fandanguillos en el Caño:

No hay árbol como el nogal
ni fruta como el madroño,
ni cuña que ajuste más
que lo que yo sé del coño.
¡Ay, salero, Ay salero, Ay salero!
con el coño se gana el dinero.

¡Oye, capullo, ¿Está tu mare ahí?, interrogó siete Varas una mañana a Pilarcita. La niña, en pelotas, se bañaba con el chorro de agua que bajaba por las canaletes de cinc del techo de la casa.

-¡Si estoy y a la niña ni la mires que me la llenas de la guasábara y el funche negro de tu mirada. Y por si no te has enterao, por esta casa no te quiero volver a ver. ¡Tú y tus asquerosas sayas de tanto macho tirao al cuerpo!, le gritó la abuela Francisca desde el balcón.

-¡Guarda tu lengua mujercita torcía¡ Lo que he venido a decirte ya tú lo sabes, pero es solamente pa'recordártelo. ¡Tu marido es mío, aunque tu no lo quieras!

-¡Te puedes quedar con el marido, que ya poco me importa, pero el dinero que él se gana es de esta casa! ¡Eso que quede claro!

Se sabía que Siete Varas practicaba la brujería y tenía amores con el de La Pata Hendida. En el abanico que cargaba guardaba la sustancia de la dicha. De tarde visitaba al negocio del abuelo Cristóbal, con el pretexto de comprar viandas. Allí le hizo veinte cucasmonas hasta que lo engatusó, llevándoselo para su casa. Allá tenía que ir la abuela Francisca, a aquel Caño hediondo, entre los pedazos de tablones de madera podrida, a recoger el dinero que se había hecho en el negocio, antes de que Siete Varas lo malgastara junto a las mujeres de su casa. Allá se presentaba, vestida de blanco, porque la abuela Francisca siempre andaba de blanco, para que no la confundieran con esas Viejas desaliñadas y andrajosas del Caño o con las mujeres que trabajaban en las casas de Concha la Tetona, Siete Varas la Gallega, Lula La Ojos y Madame Chloé la haitiana.

-¡Dame el dinero de la semana Cristóbal! No voy a permitir que mi hija se quede sin comer, gritaba la abuela Francisca.

-Salte de mi casa, machorra, que te voy a matar con un látigo de siete varas.

Era una tarde calurosa y un polvillo de desierto había invadido el aire, lo que hacía difícil la visibilidad. La abuela Francisca, de mal humor, salió rumbo a la carretera. Un camión se acercaba y a pesar de que el conductor tocó bocina ZAS!!! se la llevó arrastrada. Sus tripas se regaron por el camino empedrado y su alma recogió los pedazos, los amontonó dentro del cuerpo y le dibujó una sonrisa de tranquilidad en su rostro. Allá en los aires se amancebó con Fabián quien se la llevó a vivir la vida transparente en una casa pintada en las nubes. Fabián la mantiene tan ocupada que ella no tiene tiempo para dedicar su pensamiento a los vivos, aunque, de vez en cuando se le escapa. La Pilar se quedó sin madre, menos mal que la vieja Francisca le enseñó el oficio de lavandera.

Pero eso no es todo lo que la Pilar pasó. Todavía un último suceso vino a enturbiar aún más la vida de esta muchacha. También presenció como un huracán arrasó el pequeño negocio de viandas y vegetales de su padre, el abuelo Cristóbal, llevándose una lata de galletas con los ahorros, destrozando el quiosco y lanzando las viandas al espacio. Lo que quedó del negocio fue el crío de gallos para la venta, que milagrosamente se salvó de los vientos, porque su padre abrió las jaulas y éstos volaron a la cueva del mangle. Luego del huracán, el abuelo Cristóbal se enroscaba los pantalones y metía los pies en una laguna cercana, dejando que los peces le picaran las pocas esperanzas.

Lo contenta que se puso Siete Varas cuando la abuela Francisca hizo su cambio espiritual, perdiéndose su alma en el limbo de la muerte trágica, pero el abuelo Cristóbal triste, tristísimo ya había perdido el interés por las mujeres. Aún así Siete Varas no perdió las esperanzas y cuando el abuelo Cristóbal perdió el negocio, esta le presentó un amigo gallego dedicado al tráfico clandestino de mercancía, carnes y comestibles y el abuelo Cristóbal no lo pensó dos veces. Aún así, continuó sin prestarle atención a la gallega; aunque hay que mencionar que aprendió todas las artimañas relacionadas al mercado negro.

Desesperada, la gallega fue a consultar a los haitianos que vivían en el Caño, y éstos la inundaron de instrucciones para atraer amantes deprimidos, corazones despellejados y almas desganadas. Las noches que pasó serenando agua, cortando geranios y margaritas, para al primer rayo de sol bañarse con agua bendecida por la luna y salpicada de pétalos de flores. Una noche la abuela Francisca se le apareció en un sueño montada en una bicicleta. En la cabeza llevaba un reguerete de frutas en una canasta transparente y Siete Varas despertó enfurecida y con escalofríos cuando la abuela Francisca le gritó desde el cielo:

-El problema que tú tienes es que esa mercancía me pertenece.

Siete Varas se levantó como agua pa' chocolate, se tomó un buche de café, se llenó de enaguas y collares y salió a consultar a una de las Viejas que vivía en el Caño.

-Buenas tiene usted, dijo Siete Varas.

-De igual forma, respondió una vieja achacosa, sin dientes y olorosa a alcanfor.

-Ando distraiá y desesperá. Mi hombre no quiere sabé de mi, por culpa de su mujé y no hay ná que no haya hecho yo. Pa' colmo esa mujé se me apareció en un sueño montá en una bicicleta.

Fue suficiente para que la vieja le preparara la receta de Polvos de Amor y perfume de albahaca con anamú, al cual debía echar unas gotas de sangre menstrual, y untar a su abanico y a todas sus enaguas. Además, le recetó, esencia de la Mosca Contaria, botones hechizados cosidos a la manga de sus blusas, agujas amarradas con hilo negro, bejucos de siete nudos y cinturones de ajo y ruda que debía arrojar a medianoche en la casa del abuelo Cristóbal.

-¿Pa' que tanta cosa?

-Pa' protejela de la muelta que se le apareció en el sueño.

-¿Y la Rosa de Jericó?

-No sirve pa' estas cosas.

-¿Y pa' qué sirve la Rosa de Jericó?

5

CUANDO EL CUERPO DE PILAR comenzó a redondearse y el vello púbico brotó, Pilar consiguió trabajo despachando notions, en la tienda de chucherías de Mister Gautier, el marido de la alcadesa de San Juan. ¿Qué no saben lo que son notions? A ver un poquito de cultura por aquí. Notions en la jerga del comercio corresponde a: hilos, alfileres, agujas, cosméticos, joyería, ropa de recién nacidos, medias, ropa interior, caceloras, cuchillos, tenedores, sábanas, fundas, colchas, juguetes y etcétera. Trabajar de dependienta, era más agradable que ir a recoger la ropa sucia a las casas de los hidalgos ricos de Miramar y arrastrar hasta el imperio de las lavanderas las fundas de calzoncillos cagaos, las colchas manchadas con sangre de las mozas del hogar y la mierda de los pañales de los chiquitines. Lavar ropa ajena a mano, en pileta, con jabón de barra, remojar, poner al sol, enjuagar y tender en los alambres de púa, era todo un trabajo despreciable.

Con el tiempo, la comida y el cariño del abuelo Cristóbal, Pilar se convirtió en una mujer lista y eficaz. Mantenía la casa en perfecto orden, cuidaba del abuelo Cristóbal, lo afeitaba, lo peinaba y le tenía sus camisas almidonadas y blanqueadas. Guisaba, cosía, lavaba, fregaba y baldeaba y cuando el abuelo Cristóbal tenía que ausentarse por asuntos de negocio, le preparaba una bolsa con una muda de ropa y una fiambrera con su comida preferida. El abuelo Cristóbal confiaba plenabamente en su hija Pilar porque ella era absolutamente organizada y precisa, no tan solo en su casa, pero también en sus estudios, que nunca abandonó terminando el highschool diploma. Para ayudarla a olvidarse de tanta pena, el abuelo Cristóbal le dijo un día mija vete a divertirte los sábados y Pilar siguió el consejo.

Ciertamente era muy bonita Pilar, con una melena de pelo negro que le caía hasta los hombros y una nariz aguilucha parecida a las andaluzas que se pasean por Granada; aunque lo más que impresionaba no era su altura, sino la fuerte mirada de sus ojos negros. Pilar salía de juerga con sus compañeras de trabajo a los ranchones de jagua y palma de la costa, propiedad de los negros de la playa. Para poder costear sus vestidos y conjuntos de falda participaba de los concursos de baile que eran bastante populares y que sacaban a cualquiera de apuros. Pilar vestía en satén y piqué a precios módicos y adornaba su cuerpo con bisutería rebajada que encontraba en las tiendas por almacén de los mallorquines de San Juan. En los bailes arrasaba con los premios y la gente la conocía como una de las mejores bailarinas del área. **[Mueve tu fondillo mi negra que pa'eso te lo dieron]**. Al llegar la madrugada se montaba con cualquiera que tuviera una cacharra, hasta llegar a Loíza donde los negros operaban un lanchón que cruzaba el río. En los ranchones de jagua que orillaban las veredas compraban ron y hielo y se recostaba en la orilla del río para que la brisa le despejara el entendimiento. Pilar entendía que al cuerpo material hay que darle de comer y acariciarlo con suavidad para que no se nos muera antes de tiempo. Hay que cantarle quiéreme otra vez, bésame otra vez, como en aquella noche, vuelve a ser de nuevo, brillante arabesco de amor en la noche azul y mientras le cantas hay que moverlo despacio, los pies primero, sin levantarlos del piso, ahora las caderas, solo las caderas. **ASÍ**.

6

SIGUE ESTE CONSEJO. **Para hacerse amar de una persona basta escribir con sangre propia en un papel virgen el nombre de la persona. Se llevará el papel encima por un mes, en el lado izquierdo del pecho**. La tercera vez que Pilar visitó el templo, se acomodó en una de las butacas y dirigió su mirada al fondo de la casa. Un murmullo de voces se escuchaba en la sala, a diferencia de un grupo de risas y voces allá en la cocina, en especial la voz de un hombre. Felipe le contaba a sus hermanas sobre el inicio de la limpieza del Caño de parte de las autoridades. Minerva y Claudia Luz fregaban los platos de la cena, Cecilia le acomodaba el pelo a Carmen y Fernando miraba por la ventana los pájaros colgando de las ramas del árbol de caoba. Pilar se levantó de su butaca y preguntó dónde está el baño. La abuela María le indicó hacia el fondo y en medio segundo Pilar estaba de frente a Felipe. Fernando continuaba observando los pájaros, Minerva y Claudia Luz levantaron la mirada por dos segundos, Cecilia y Carmen ni se dieron por enteradas. Claudia Luz notó una chispa de coquetería en la mirada de Felipe, Minerva observó como Pilar se comía con los ojos aquel cuerpazo, mientras Felipe continuaba su monólogo sobre las mejoras a las calles y la construcción de alcantarillas... es lo que significa el progreso del cual todos vamos a disfrutar de alguna forma.

Felipe vivía apasionado por la materia. La materia que mueve las mujeres que pasan por la acera del frente de su casa, la materia que se mueve en las caderas de las feligresas que entran por aquella sala. La materia de los carros convertibles último modelo. La materia de una casa de cemento con marquesina y balcón. La materia de la ropa en hilo con terminaciones en seda. La materia de las baby dolls, un buen tabaco y un perfume seductor. La materia que rige el progreso de aquella isla y que llenará este territorio de carreteras y nuevas viviendas. La materia de la que está hecho el USA dollar. La materia que en concreto le permitiría tener un buen trabajo, gastar en mujeres y proveer a su familia, la materia de esa mujer de pelo y ojos negros de frente a él. Y creo y confirmo una y otra vez que en la cama y en la cárcel se conocen los amigos, no faltaba más, este huevo quiere sal y nadie como yo para sazonar esa yema. **¡Mete mano Felipín!**

El próximo domingo Pilar y su amiga Bella se encontraban para su acostumbrado paseo dominguero. Pilar con la emoción en un hilo le confirmó a Bella:

-He conocido un hombrazo. Me encanta. El único problema es que parece que es un picaflor.

-Apuesta a ti, fue la respuesta de Bella.

Pilar vio a Bella por primera vez en la terraza de la cafetería El Rancho Azul, mucho antes que soñara definitivamente con el tipo de familia que veía a diario en las fotos de los periódicos. Ahí, retratados para nuestra sociedad sanjuanera estaba la familia perfecta, los tres preciosos niños, la esposa siempre elegante y el esposo proveedor. Era gente que se casaba para toda la vida y tenían un patio sembrado de trinitarias. Todos se sentaban en la mesa y platicaban de cómo había sido el día.

Bella era tan alta como los pinos viejos de la costa, con un cuerpo bien formado, una nariz y boca perfectamente delineadas y una melena negra brillante. Era una mujer que atraía a los hombres con naturalidad. Finalizó los requisitos para ser maestra de costura e inútilmente buscó trabajo, hasta que consiguió una chamba de oficinista en la misma tienda donde Pilar laboraba. Bella era poeta y escribía poemas a la patria y al amor ausente que es lo mismo. Escribía poesía que era organizada en manuscritos, manuscritos que imprimía en pequeñas cantidades en la Imprenta Venezuela, propiedad de la viuda de Morales. La viuda de Morales, al ver el esfuerzo de esta muchacha por publicar, le extendía planes de pago.

-Págame cuando puedas, pero págame, le repetía la viuda de Morales.

Bella aprovechaba la hora del almuerzo para colocar su libro de poesías por las farmacias y estanterías de periódicos y revistas del viejo San Juan. Los fines de semana tomaba un carro público y se iba a los pueblos a ubicar su libro en los distintos comercios y de noche se le veía con frecuencia en las reuniones de los obreros de la caña y las protestas de los choferes públicos. Con el tiempo conoció a los poetas del parnaso isleño y comenzó a ser invitada a sus tertulias. Cuando hacía su entrada a las reuniones, los caballeros reunidos se volteaban para vez esa preciosura, porque las canas, los cuernos y la borrachez no vienen por vejez. Las miradas, la pura coquetería y el piropo concluían, en la gran mayoría de las veces, en el conocimiento horizontal de las necesidades del cuerpo. A Pilar le encantaba compartir con Bella lo poco o lo mucho, ya que sentía a Bella como una vieja conocida, camarada de la misma batalla. Leía la poesía de Bella y comprendía cada una de sus palabras, como cuando se comprende el círculo y el horizonte, con la satisfacción del viejo conocimiento. La razón se le enredaba a Pilar cada vez que se juntaba con Bella y juntas recorrían el comedor oscuro de Rimbaud, el vocerío de las campanas de Neruda y el sosiego del paisaje de la Mistral. Pilar amó a Bella desde el primer momento como también amó a Felipe, pero Bella se quería tirar al mundo de pecho con todo y versos. Quería explorar mares distintos, cuerpos con temperaturas variadas, otros climas de pan. La palabra era su aliada, pero una letra dentro del círculo censor de aquella isla podía producir catástrofes. Los aparatos policíacos explotaban de furia con una palabra, una frase mal dicha o erróneamente escrita y ni pensar de un verso, porque los versos son criaturas de doble sentido.

-¿Anda Bella, dime que has escrito en estos días? Leeme en voz alta tus versos.

-Pilarcita, no sabes que no se puede hablar en voz alta. El país es muy pequeño. Todo el mundo se conoce.

-Pues, vámonos a algún lugarcito oscuro, algún rincón entre las palmas y que el aleteo del mar sirva de muro. Y allá se dirigían siempre. A algún ranchón de jagua en la costa, a tomar ron con pedacitos de hielo picaditos y agua de coco, a reírse de las payasadas de los montones de niños que se acercaban a la mesa a cambio de unas monedas. En ocasiones caminaban hasta El Morro, a la punta de su estructura, para ver como aquellos muros combatían el oleaje y las colonias de erizos florecían en grandes capullos negros.

Una tarde de domingo, mientras se columpiaban en el pequeño parque de arena del Muñoz Rivera, debajo de aquellos grandes árboles Pilar le confesó a Bella:

-Te comenté el otro día sobre Felipe. Me sigue gustando. Lo mordaz de su mirada y la pulpa de ese cuerpo de mulato me tienen mal. Además, casarme me interesa; quiero tener una familia. No puedo seguir toda la vida de parranda en parranda y creo que Felipe es el candidato, le anunció Pilar a Bella.

-Me parece estupendo. Le respondió Bella mientras sacaba una caneca de ron de su cartera. Abrió la botella y sirvió una tapita de aquel líquido, le dio a sorber a Pilar, luego ella se tomó el resto. Caminaban ya hacia el pequeño museo de animales disecados. Se abrió la puerta y como siempre un olor a recina vieja y alcohol invadió el ambiente. Las figuras de los animales reposaban exaltados en las paredes, con aquellos ojos de vidrio viejo. La oscuridad del lugar permitió un roce de piel.

7

BUENO, BUENO COMPADRE Felipillo. Esta es buena para ti. Esta para ti la tomo, anunció Eusapia Palladino. Los abuelos intercambiaron miradas y Pilar y Felipe se abrazaron. Se despejó la mesa. Se sacudió el mantel, se depositaron ocho copas de vino y un envase con aceitunas. En esos instantes se escuchó una jeringonza. Un intenso olor a carbón azul y un silencio más allá de todo silencio se apoderó de la sala. Pilar comenzó a hacerse aire con su abanico de varillaje negro. El espíritu habló:

-Ya soy muy vieja, creo que he sido vieja toda la vida. Cuando él desaparece un temblor leve, pero continuo sacude todo mi cuerpo. Es el abandono. Los músculos de los hombros se contraen, el corazón late más rápido y todo mi cuerpo se convierte en un alerta. Es cuando envejezco aún más.

-Ya no eres una mujer, respondió el abuelo Juan... eres un ente etéreo que deambula por la atmósfera y careces de sexo.

-¡Qué sabes tú lo que es un espíritu!, exclamó el alma en pena. Lo imagino en otra cama y me salgo fuera de mí. Lo necesito como un siamés necesita de su contrapartida y lo espero, lo espero hasta altas horas de la noche en que llega, muchas veces borracho de ron, simpático de espíritu. Cansado. No sé cuántas veces le he visto lamiendo el cuerpo de otra mujer, tomándola de una forma distinta, hasta despedazarla. Entre cerveza y cerveza lo espío. Su cabeza que gira con una gran fiebre sexual y en el fondo no la querría penetrar a ella, sino a todas a la vez y conmigo. Su bestialidad no tiene límites, pero sus limitaciones tampoco. Es por esto que insisto y monto encima de él cuantas veces me dé la gana.

El abuelo Juan dio instrucciones para que los menores se retiraran de la sala y se dedicó a carear este espíritu con la fuerza de un enemigo:

-Insisto que debes recordar tu carácter espiritual. El está vivo y tú andas ya muerta. Ese vínculo que los ataba ya desapareció. El no te debe nada, ni tú a él tampoco.

-¡Es inútil que sigas berreando viejo verde. Es inútil, él falta y lo peor es que tiene mi identidad en su bolsillo. ¡Dile que me devuelva lo que me pertenece y yo lo abandono de inmediato!, berreó el espíritu.

El abuelo Juan a pesar de sus conocimientos y su ética moral se llenó de ira y despotricó insulto tras insulto, sin comprender que el único defecto de aquel espíritu era que seguía añorando el amor en la cama de los vivos. Pilar movía con tal rapidez su abanico que el varillaje comenzó a desprenderse. En esos momentos RMC tomó la palabra.

-Aunque se tomen las precauciones debidas, pueden suceder desagrados en la mesa blanca. Las zonas oscuras del universo se entrecruzan con el calor de estas islas y la invocación puede traer espíritus burlones, pillos, incapacitados del aire, adictos al líbido y a la brujería. Por otro lado es preciso comprender y respetar las jerarquías de espíritus. Puede colocarse en el primer orden a los que han llegado a la perfección, que son los espíritus puros; en el segundo a los que están a mitad de la escala, los cuales se ocupan de la consecusión del bien, y en el tercero a los espíritus imperfectos, que están aún al principio de la escala, siendo sus caracteres: la ignorancia, el deseo de hacer daño y todas las malas pasiones que retardan su progreso. Estos espíritus inclinados a hacer maldades son comparables a la labor de las brujas en el mundo material.

-Déjese de boberías, compadre, de lo que se trata es que Felipillo ha hecho de las suyas en otras vidas y se le pegan los residuos. A este problemita yo lo echo en mi saco de tribulaciones y me lo llevo volandito hacia los aires. No se hable más. Mi niña Pilar, este es bueno para ti. Este para ti, lo tomo, concluyó Eusapia Palladino.

Felipe, como un resorte, se incorporó de su silla y se dirigió hacia el balcón, bajó las escaleras y anunció al grupo de chamacos debajo del caobo: Declaro una semana de juergas porque me caso pronto. **¡Y se formó la parranda!** Mientras Pilar ocupadísima se hacía cargo de la boda, los muchachos del barrio organizaron un itinerario de recorridos nocturnos que incluyó todos los bares de San Juan, más los ranchos de jagua de la costa, para culminar en las casas de Concha la Tetona, Siete Varas la Gallega, Lula La Ojos y Madame Chloé la haitiana. En cada una de esas casas Felipe y sus amigos pasaron de cama en cama con cuanta sata santa se les presentó. Cuerpo a cuerpo es todo lo que necesitaban para liberar las emociones de la carne.

Luego de cada recorrido paraban a desayunar arroz con huevo frito y ¡Fuerza-Fuerza! o mondongo con caldo de gallina porque dicen es bueno para mantener la virilidad. Sin hacer ruido se adentraba cada madrugada en la casa de sus padres para tirarse en el primer camastro que encontraba. **¡Ay Felipe, ten cuidao, no te vaya a dar algo allá abajo y tengas que vivir de recuerdos!**

8

EL DÍA DE LA BODA dos arcos de metal forrados con velo de ángel, gardenias, y carnations decoraron la puerta principal de la casa de Pilar. Globos blancos, un bizcocho de tres pisos y avellanas cubiertas de dulce esperaban en una mesa como budas abandonados. Para aquellos que se perdieron el espectáculo, la novia vistió una limpia silueta cortada al cuerpo en crepé de seda, con unas bandas de tul adheridas al contorno. Del cuello colgaba una delicada cadena, que cierra con un broche hacia al frente en perlas y piedras semipreciosas, que el abuelo Cristóbal había adquirido de una clienta rica que le debía un dinero de carnes. El ramo de lirios y carnations corría por toda la falda en cintas de velo de ángel. Felipe vistió un traje en lino inmaculado con zapatos haciendo juego y un pequeño lazo al cuello en contraste con el resto de la silueta. Bella vistió un traje rojo ceñido al cuerpo y su pelo recogido atrás en moño la confundía con una bolerista del Club Esquife en el momento que va a cantar que falso eres, así que los invitados quedaron asombrados cuando declamó este poema:

Pequeña rosa
a veces diminuta y desnuda,
cabes en mi mano,
en mi sien, en mi oído, en mi ojo
y te puedo llevar a la boca, pero
te mueves como un pecho profundo
cual cintura nueva y mi brazo no alcanza rodearte
te abres como un gran amor enloquecido
y me inclino a dejarte.

Felipe encantado aplaudió y todos los invitados lo imitaron. La pareja se confundió en un abrazo y Pilar lloró de emoción. **¡Qué fiestón!** El abuelo Cristóbal habló toda la noche con sus compadres sobre su crianza de gallos y su gran negocio de compraventas, mientras se pavoneaba por el salón en un traje de hilo panameño. El viejo Cristóbal se había convertido en uno de los mayores proveedores de la isla. Supervisando personalmente sus negocios, de noche se iba en un bote a alta mar a esperar mercancía, que era tirada desde avionetas que provenían de Venezuela o se llegaba hasta la costa de Cabo Rojo a esperar macutos de hule con mercancía de Santo Domingo. Conocía todos los mataderos clandestinos del área y transportaba el producto rodeando la barriga de las mujeres con cortes de carne para que simularan un embarazo. Por encargo del abuelo Cristóbal, las costureras del barrio, cosían faldas con bolsillos de doce pulgadas de largo que se llenaban de arroz, harina y joyería. Simulaba bebés envueltos en mantas, que en realidad eran macutos de seda, y a los hombres les colgaba en la espalda planchas de jamón serrano y queso manchego que imitaban jorobas. En los tubos de hierro y cilindros de metal de los carros, transportaba ron pitorro y la leche que circulaba le añadía un cincuenta por ciento de agua y la revendía al mismo precio. A los pocos pianos que llegaban a la isla, les construía un doble piso para insertar medias de seda, carteras de noche y perfumes que se rellenaban de perlas, corales y piel de tortuga y en los ataúdes salidos de los talleres de carpintería, se transportaban las patitas de cerdo y el bacalao que se robaba de los barcos de la marina de guerra.

Entre los vecinos, la familia, los clientes del abuelo Crístobal y los feligreses del templo, la casa estaba de tepe a tepe. Dos cocineras mantenían la estufa prendida con un sancocho y un fricasé de cabrito y la abuela María llevaba y traía bandejas con morcillitas fritas, gandures agridulces y almojábanas frescas. Fernando no se despegó de los músicos, sirviéndole los tragos y llevándole comida. Felipe, con la excusa de que era el novio, repartió apretones y abrazos bailando con todas las mujeres que se le presentaron de frente.

-Felipe, te voy a extrañar, le dijo una muchacha joven de ojos negros.

-No me extrañes, que no me he muerto. Aquí estoy para cuando tú quieras, mi negra.

A Minerva se le vio junto con la muchachería del barrio entrando y saliendo del festejo. Claudia Luz estuvo acompañada de su novio El Gringo, un agrónomo que había conocido en la guagua pública. En el patio, los viejos jugaban dominó y varias mozas con sus faldas de colores caminaban hacia arriba y hacia abajo apretando la tierra con sus taconazos. Carmen bailó únicamente con Víctor, un soldado que la pretendía cada vez que le concedían permiso para salir de la base militar; mientras Cecilia conversó toda la noche con sus amigas del vecindario. A Bella se le vio coquetear con el hijo de Mister Gautier, se les vio en el patio, en la sala cuando comenzó a lloviznar, se les vio en el pasillo que da a los cuartos y se la vio recogiendo su estola y su cartera, ya de la mano del hombre. **¡¡¡¿Viste a esa?, A que se llevó el marido de alguien!!!**

9

El ensueño de mi nacimiento hizo posible que Pilar escuchara el arrullo del mar húmedo y refrescante. Vivíamos en una barriada de casas de madera, rodeada por una arboleda de mangó y aguacates y varios pantanos hediondos llenos de sapos conchos, mosquitos y cucarachas ciegas. Las gallinas y sus pollitos picoteaban en las aceras y cuando el viento cambiaba de rumbo, un olor a corral de puercos invadía el ambiente. Pilar y Felipe eran de los muchos enfrentados a un país donde el trabajo escaseaba, los choferes y obreros de la caña se declaraban en huelga continua, los niños reventaban de lombrices y piojos, las escuelas brillaban por su ausencia, las calles estaban infectadas de niños dedicados a todo tipo de maldades y juegos prohibidos, los chinches hacían estragos, los mendigos cepillaban los zafacones de los ricos en mitad de la noche, las cárceles estaban llenas de desgraciados acusados de robos de aves y puercos, y en las casas de Concha La Tetona, Siete Varas La Gallega, Lula La Ojos y Madame Chloé la haitiana, las putas se espurgaban las cucas todas las noches como una forma de controlar las ladillas. Cuando las autoridades las recogían para desinfectarlas, saltaban las tapias de los hospitalillos regresando a los burdeles. La perfumería, las telas, los zapatos y los accesorios escaseabean, muchas familias se alimentaban de harina de maíz y plátanos sancochaos, ya que el arroz, la manteca, la carne y el azúcar faltaban en la mesa. Para colmo un grupo de nacionalistas liderados por un señor que le decían don Pedro, convocaron a un levantamiento nacional:

"Aconsejo a las mujeres a hacer de sus hogares un santuario de hombres puros y valientes, amantes de la libertad y exijo a los puertorriqueños todos que se armen de revólveres, rifles, pistolas, escopetas, cuchillas, machetes, látigos, navajas, puñales y todo lo que encuentren para defender la causa de la Revolución."

Pilar escuchaba la noticia mientras yo mamaba la teta, sin comprender qué locura invadía a todo el mundo en este país. Pilar declaró:

-De lo que se trata es de inventarse la felicidad, de lo que se trata es de llevarnos bien con los vecinos, de lo que se trata es de tener un maridito bien amelcochao en la casa, de lo que se trata es de parirle unos cuantos hijos, de lo que se trata es de comprar un hogar propio, de lo que se trata es de tener un lindo jardín, de lo que se trata es de que aparezca arroz, manteca y azúcar.

Pilar le respondía a la radio, mientras yo mamaba y mamaba rabiosa, porque el cuerpo de Pilar se ponía tenso y la leche no bajaba con naturalidad y yo comenzaba a berrear hasta cansarme y Pilar se daba cuenta que tenía una criatura arreguindando de una teta y la vecina sacaba la cabeza por la ventana y gritaba:

-Pilar, ¿quieres un tecito de tilo?

-No necesito tisanes.

Y otra vez yo comenzaba a berrear porque ya Pilar se había puesto tensa como una de las escobas de las brujas del Caño. Sé que hay que andar con precaución, porque los espíritus no tienen los poderes de esas Viejas que se disfrazan de hombres lindos y niños buenos y tajan a la gente y se las llevan a los manglares donde terminan de comérselas.

Yo, que mamo y mamo mientras escucho los cuentos de la vecina, porque habla tan alto que todo el barrio se entera de lo que está contando:

-¿No has visto el Aparecido?

-¿De qué me habla?

-De ese aparato que anda como flotando por el camino y se mete a tu casa, sin entrar por las puertas o las ventanas. Tú te estás bañando, sales de la ducha y andas poniéndote los panties y de repente ahí está. Lo sientes y no lo puedes ver, pero las mujeres que lo han podido ver dicen que es mulato, de ojos verdes y con un cuerpo macizo, más guapo que don Pedro y dicen que don Pedro es bien guapo y trae a todas las mujeres loquitas.

-Y a mí que me van a preocupar los cuentos de aparecidos y revoltosos. Yo tengo una hija que amamantar y tengo que dar gracias a la vida por el marido que me gasto, por sus ojos de tigre, por el olor a hombre, por sus calentamientos, por su sobriedad y también por su embriaguez, por la dicha, por las noches que llega temprano y dispuesto va a la cocina a preparar comida, mientras yo me rompo la espalda lavando su ropa en la pileta del patio. Gracias por las habichuelas espesas que haces, macho mío, que está bien que yo lave tus calzoncillos perfumados, gracias por el sofrito que revuelves con aroma a tocino y jamón, gracias por llamarme baby la comida está lista, no te olvides que necesito dos camisas almidonadas y planchadas para mañana, y gracias cuando llegas a mis brazos, a nuestra cama para que yo cuide de tu turca. Ay Felipe, te pido que te cuides, dónde estabas, con quién, qué horas son éstas de llegar, por qué tienes la camisa pintada de lipstick, pero da igual porque debo dar gracias por esta casita; aunque se caiga de polillas, pero nos resguarda del sereno y doy gracias porque estoy casada y eso es lo que cuenta.

10

TODO EL PAÍS COMENZÓ a jugar la Lotería como una forma de salir de pobre y Felipe no fue la excepción. Fue así que se ganó un billete y compró su primer carro. Era un Plymouth con radio empotrado y cinco años de uso que había pertenecido a un cura de la Iglesia de San Mateo. Era tarde en la noche cuando Felipe se despidió de Pilar para dar una vuelta con sus amigos. Alrededor de las doce, la vecina despertó a Pilar con sus gritos. Felipe había sido apresado por sospecha. Su carro era idéntico al que los nacionalistas utilizaron para transportar dos pistolas cargadas calibre 38, cinco bombas explosivas, cientos de balas y una subametralladora. La vecina le dio un tececito a Pilar y se esmandó una pastillita que el doctor le recetó en esos días.

-¿Qué es eso?, preguntó Pilar.

-Es pa' los nervios, mija.

-Deme una a mí también.

Ya en el Insular Police de la calle San Francisco la fila de apresados le daba la vuelta al bloque. Todo el país era sospechoso y Felipe no era la excepción.

-Me detuvo un Police Patrol, se me acercó y me ordenó que no diera un paso más, en el mismo momento que sentí el chisporroteo de las balas. Cayó un aguacero torrencial y todo el mundo se guareció, incluyendo el Police Patrol. Fui esquivando el fuego, hasta que llegué a protegerme en una casa cercana. Ahí entró un detective, pistola en mano y me llevó a la calle. A unos veinticinco pies, estaba la National Guard con sus fusiles y ametralladoras.

"Levante las manos." Dijo uno.

"Lo que hay que hacer es fusilarlo." Dijo otro.

-Me arrastraron a un camión lleno de gente y se llevaron el carro. Camino al cuartel, vi hombres y mujeres agachados detrás de los postes, boca abajo, debajo de carros y debajo de las casas, en las azoteas, detrás de zafacones, vi gente brincando verjas de cinc y guareciéndose de las balas detrás de los árboles. Vi un hombre que encendió una media y la lanzó a un carro patrulla. Ya en el Insular Police, vi a mujeres casi desnudas y yo pensé qué mierda que me entró cuando compré ese carro.

Pasaría una gran temporada para que Felipe volviera a utilizar el Plymouth. El carro fue devuelto en condiciones pésimas y brilló por mucho tiempo en la oscuridad del patio como un cucubano gigante. Felipe lo lavaba todos los sábados, daba una vuelta por el barrio y volvía a acomodarlo en la parte de atrás del patio como si fuera una caja pesada que estorba en el medio de la sala. Yo no quería mirar por la ventana de noche porque me topaba con la inmensidad de aquel cucubano y lloraba hasta que Pilar entraba y cerraba la ventana. Entonces me acomodo en mi camita y mi sueño se hace profundo y un hombre alto se acerca a mi cama y me dice cosas sin mover los labios y un coro de cucubanos brillantes, como estrellitas que van a reventar, gira y gira por el aire de mi cuarto y con sus brazos que no son brazos empujan al hombre que no es hombre, que es un aparecido, que es una bruja del Caño, una vieja que como alma en pena sonríe y ya yo no sueño más y grito por mucho rato y Felipe me coge en sus brazos y me lleva a la cama y juntos nos quedamos dormidos: Felipe, Pilar y Yo.

Harta de aparecidos una mañana tempranito Pilar salió conmigo al hombro. Llegó a la casa de los abuelos a santiguarme, a que me den un baño espiritual, a que me pongan en una palangana con agua bendita, a recibir la bendición de mi abuela María, a que me pongan una mano de azabache, a que me hagan unas oraciones. Los abuelos me quitaron la ropa y me envolvieron en una sábana blanca. La tía Minerva se me acercó y me dio un beso. Hubo que esperar que la abuela María calentara agua y la echara en una bañerita de latón color plata. Ya para ese momento la abuela hablaba en lenguas.

Pilar me agarraba del cuerpo, no fuera a romperme las crismas, mientras me metía en el latón color plata. La tía Minerva comenzó a echarme agua fresca por el cuerpo con un cucharón de madera. El abuelo incendiado en ira insultaba a los espíritus que se habían atrevido a intervenir con la paz de su nieta y sucedió lo que todos esperaban. Apareció aquel espíritu como volando. Flotaba por la cortina de baño. Yo no lloré, más bien esperé a que él se fijara en mí. El espíritu sonrió y yo sonreí y mi abuelo tomó la escoba y sacudió la cortina de baño. El espíritu sin mover los labios me dijo que no me asustara y yo volví a sonreír y el espíritu me sopló un beso en la frente y yo cerré mis ojitos. Un coro de cucubanos apareció, encerrando a la aparición en un círculo iluminado y desapareciendo en el acto.

-Mire compadre Juan, acuérdese que éste es un espíritu en pena, un alma errante que no entiende de la separación del cuerpo y del alma, que esos sofoques que a usted le dan no son nada bueno. Con estos espíritus hay que estar alto preparados. Y acuérdese que ellos rinden más que nosotros. Por lo pronto yo lo voy a arrastrar en mi saco de problemas; pero no por mucho tiempo, porque estos espíritus conocen como salir de enlíos. El problemita con la niña es que este candidato fue su amo de ella en la otra vida y no entiende que el paseito se acabó. Con estos espíritus posesivos hay que tener paciencia, ya que pueden apoderarse de cualquier materia cuando les dá la gana. Mucha oración y en el cuarto de la niña habrá que tener flores blancas. Flores blancas pa' que ayuden a clarificar el aura de la niña y esa alma en pena se aleje.

La abuela María desenroscó la tapa del pote de Agua Florida y tiró al aire el agua con la punta de sus dedos y en ese momento la postura del abuelo Juan se fue enderezando, su cabeza se elevó y los brazos tomaron una posición elegante y serena, como un rey en espera de su séquito:

-Ciertas clases de espíritus siguiendo a Satán, se dejan seducir por fantasmas e ilusiones del diablo. Ellos creen que tarde en la noche pueden echarse a volar como dioses paganos y en esas horas del silencio arremeten en contra de los más pequeños, enfermos y desvalidos, teniendo el mismo efecto que las brujas: Quien hablaba era RMC.

-No me convence esta pendejá. Dijo mi madre, y una tarde de un sábado me agarró con todo y biberón y se fue sola por el camino cuesta abajo. La vecina, sospechando hacia dónde se dirigía gritó:

-Pilar, ¿quieres que te acompañe?

-No gracias. Pilar se alejó por la pequeña carretera empedrada con yo a cuestas hasta que se internó en el laberinto del Caño.

-¿A dónde viven las Viejas?

-Allá, dijo Aquel señalando con su brazo la ruta.

Las Viejas estaban reunidas en cuclillas a la entrada del Caño, fumaban tabaco y bebían malta porque es buena para la sangre y Pilar preguntó:

-¿Quién me atiende?

-Cualquiera, respondió una de ellas.

Y todas se levantaron y se metieron en un ranchón con olor a alcohol. Una movió unas yaguas para que entrara aire por un roto de una pared, otra alumbró el ambiente con una lámpara de aceite y una tercera se eñangotó en el piso a escuchar la historia de Pilar. Cuando Pilar les contó sobre el Aparecido, una de las Viejas me cargó al centro de un círculo hecho en la tierra del piso con chivos del río. Allí cada una de las tres se cortó un pedazo de tela de su ropa, con un cuchillo espetao en una esquina del ranchón. Con el mismo cuchillo una de ellas se alejó y sacó una paloma de una jaula y de un cuchillazo le cortó la cabeza y depositó su cuerpo junto a los pedacitos de tela. Yo jugaba con los gongolís que salían de la tierra. Pilar sentada cerca del círculo observaba. Una de las Viejas salió de la choza y caminó hacia la orilla del Caño. Sacó su lengua y la movió varias veces produciendo un chillido como de rata hambrienta, mientras las otras dos brujas partían un pedazo de lechuga del país y lo masticaban con ferocidad. La vieja gritó al agua oscura del Caño:

-Este es el sacrificio que te hacemo, señol de la na', pa' que deje en pa' esta alma. ¿Qué mujel joven te podemo conseguil pa' que te dé placel? Dinos la forma, el aroma y el perfume de su sangre pa' conseguítela.

II

OF COURSE, *the present situation has developed because of an increasing growth in population with no land frontier to be pushed forward and with an insufficiently rapid increase in productivity.* En alguna esquina un grupo de hombres hablaba en voz muy baja, mientras los carros subían y bajaban por las hileras de callecitas, callejones y caminos, los perros realengos se olían los culos unos a otros y las cucarachas se arrastraban hasta la alcantarilla más cercana.

-No confies en nadie, mírale los ojos a la gente. To' el mundo anda asustao. La jara cepilla las calles toa' la noche y está el chota que hace orilla. Mucho cuidao con lo que dices, dónde te metes, con quién platicas. Cuídate que no te pase ná. Don Pedro ya comenzó su guerra.

-Él solito a tiros con la Insular Police. Ese hombre sí que tiene guevos. Lo que pasa es que son muy pocos. Los van a moler a palos.

-Anoche estuve por allí visitando un primo mío, uno de los soldaditos que patrullan el palacio de Santa Catalina.

-¿Y, qué cuenta?

Las Viejas vestidas de blanco, con sus sombrillas negras para taparse del sol, caminaban con urgencia, entrecruzando callejones con sinnúmero de pequeñas tiendas, school supplies, cines y escuelas. Sin detenerse, todo el mundo se saludaba, dándose la mano, las buenas tardes, mientras los hombres buscaban qué hacer, aunque no hubiese, porque el trabajo escasea y no hay ni tan siquiera para chambear y se cansan de ir y venir, hasta que se paran en esa esquina debajo de aquel caobo a espiar lo que hacen las Viejas, entre el ruido, el bullicio, los radios, los motores de los carros, las guaguas, quién es esa mujer con esa niña, yo no sé pero está buenísima, mientras la brisa se enreda en las ramas de los árboles y llega Éste con los bongós y Aquel comienza a cantar y el Otro sale soñoliento al balcón a saborear el dúo que se inicia despertando de la siesta a los niños. Tres golpes de conga y un movimiento del cuerpo, dos golpes así y el ritmo se repite hasta que la euforia del sabor le entra a uno por la fibra misma del espíritu, mientras don Pedro se bate a tiros con los muchachitos de la National Guard y el propio gobernador.

-¡Si no traen refuerzos lo van a linchar!

-¡Cállate que te pueden oir! Acuérdate que en esta isla el ave que más abunda es el averigüao.

Mientras tanto en la parte de atrás de los patios cantan los gallos encerrados en su jaulas y las mujeres sacan la ropa del remojo de su amor, del sol de su tristeza, de pensar qué se va a cocinar esta tarde sin arroz, azúcar y manteca, a no ser harina de maíz con plátanos sancochaos, rogando porque el soneo no despierte a los más pequeños y pueda tener tiempo para ablandar las habichuelas para mañana y pueda desalar el bacalao y pueda enjuagar esta ropa de este bandolero que lleva una semana sin aparecer, porque dice que tuvo que irse pa' Ponce a trabajar, que es la única chamba que ha conseguido y que la transportación es muy mala, que ese sube y baja de tanta montaña le da con vomitar hasta el verde de las tripas, que me dé tiempo para escuchar la novela en la radio que está tan buena y me sobre tiempo además para tomarme un buchecito de café.

[Eso sí que daba pena.] ¡Pero este Don Pedro no va a dejar esa pendejá!, pero qué bien se le vé en el periódico, siempre anda rodeado de mujeres que lo miran como si fuera un santo bajado del cielo, tan gozoso de la guerra, tan fuerte de sus músculos, tan apetecible se le nota su miembro viril. Quién lo diría que de tanto esperar a mi marido me dé ahora con espiar pechos grifos pero con guevos que le revientan la vejiga, porque yo creo que ese gobernador no tiene los guevos de ese grifo y por eso le dio con eliminar al pobre hombre, pero hay que decir que ese gobernador también tiene su encanto, lo que dice me gusta y por eso lo voy a apoyar, para ver si trae un poco de progreso a esta isla y esos manduletes de las esquina consiguen trabajo y dejan el maldito soneo de todas las tardes y aparezca arroz, manteca y azúcar y ese sinvergüenza pueda conseguir un trabajo más cerca.

Por algún rincón de la sala recuerdo a Pilar, acomodándose en la butaca, prendiendo la lámpara y abriendo las páginas del periódico. Yo me recuesto a su lado mientras peino a una de mis muñecas. Y a la verdad que era muy poco lo que Pilar podía leer en los periódicos, ya que para liquidar de una vez el asuntillo de don Pedro el gobernador procedió a decretar una ley de secretos oficiales en donde se determinó la intercepción de la correspondencia, el espionaje de las llamadas telefónicas y el archivo sellado de los documentos gubernamentales. Para colmo, organizó una comisión secreta con poderes amplísimos para cuestionar todo movimiento, conversatorio y reunión de vecino y envió a la cárcel a todos los estudiantes y obreros sospechosos de ser cabecillas de don Pedro. Por si acaso, la flota de la marina de guerra ubicó submarinos con los más potentes radares alrededor de todo el territorio, incluyendo los peñascos en la lejanía. Por si fuera poco las zonas montañosas fueron peinadas por unos muchachos altos, rubios que se reventaban de ronchas con las picadas de mimes.

-Es que son científicos.

-¡Serás pendejo! Tanto tiempo en el cercao y no conoces la yerba.

El país entero se convirtió en un gran murmullo y un silencio más allá de todo silencio se apoderó de todos. Aún así, las noticias corrían con la velocidad de un rayo, circulando entre vecinos, amigos, compañeros de trabajo y familiares.

Un puñetazo en la puerta despertó a Pilar del marasmo. Felipe salió de la habitación y abrió la puerta.

-¿El dueño del Plymouth?

-El mismo.

-¿Podemos intercambiar algunas palabras?

-Seguro.

-Lo que le pediré será raro para usted, pero necesitamos que nos preste su vehículo.

-Yo no presto lo que es mío y eso incluye mi casa, mi carro y mi mujer y de orilla indico que no me interesa el ruido que están haciendo. Lo mío es el billete. Qué gobierno tengamos, me tiene sin cuidado. Y ustedes, si tienen hambre y quieren un poco de comida mi mujer les puede servir en la cocina; pero en lo demás no los quiero volver a ver por esta casa. ¡Pilar atiende a estos muchachos!

Pilar sacó platos y cubiertos y sirvió arroz con gandures y carne de cerdo con plátanos maduros.

-¿De dónde vienen?

-De muy lejos.

-¿Andan fugaos?

-Cietamente y nos dijeron que el señor del Plymouth nos podía ayudar.

-¿Quién les dijo que vinieran aquí?

-Bella Juncos.

-Tal vez yo les pueda ayudar.

-¿Nos dejaría? Lo único que queremos es que nos permita rebuscar el Plymouth. Hay algo que andamos buscando.

12

Atentos a las palabras del Gobernardor, ha dicho el radiolocutor: "Que no es cierto. Que aquí no hay problemas. Todo está bajo control. Unos pocos revoltosos inútiles. En esta isla todo funciona divinamente. Aquí dónde come uno, la cantidad de calles pavimentadas, cúantos niños han recibido zapatos y espejuelos gratis, comen dos, cúantas fábricas de botellas han sido instaladas, donde comen dos, cúantos hospitales han sido construídos, cúantas health nurses se han unido a la batalla en contra de los parásitos y los gérmenes, comen tres, cúantos laboratorios agrícolas se han creado, cúantos postes de electricidad han sido hincados, donde comen tres, cúantas tuberías de agua potable han sido instaladas, cúantos automóviles han sido importados, comen cuatro y cúantas líneas de telégrafo cruzan este territorio es todo lo que digo, lo que he dicho, y lo que continuaré machacando con mi bandera de paz contra, comen cuatro esta calamidad de insultos, calumnias, atracos, y violencia, repito entonces lo indicado, lo anterior, comen cuatro la necesidad de que comamos todos en la misma mesa, vean con sus propios ojos que el país entero, comen cuatro es un gran proyecto de construcción nacional, comen cuatro, construiremos hoteles con piscinas privadas y pasillos con lámparas de cristal Murano, hipódromos con pistas de musgo, comen cuatro artificial, canchas de tenis, muelles para yates y botes de lujo, pistas de carrera para autos de velocidad, campos de golf, comen cuatro country clubs con barras y salones para caballeros, nightclubs y casinos. La perla de las Antillas, comen cuatro se convertirá en la delicia de golfistas, amantes de la playa, corredores de caballos y autos y todo esto mis queridos compueblanos traerá empleos y dólares. Se construirán mansiones a la orilla del malecón y los autos de lujo circularán por nuestras calles y por fin el progreso habrá llegado a esta isla maldecida por tantos años."

13

¡OYE MI NEGRA la noticia que te tengo!, anunció Felipe...soy el nuevo gerente de comunicaciones de la compañía de teléfonos. Mi trabajo consiste es supervisar la instalación de las líneas de teléfono para toda la isla. Tendré un carro último modelo y todos los beneficios de un alto ejecutivo. ¡Gracias a Dios!, fue la respuesta de Pilar y corrió a abrazar a su marido.

Luego de un adiestramiento de tres meses, Felipe comenzó a viajar de pueblo en pueblo. Metiéndose por montes, barrancos, charcos y cosechas supervisaba la instalación de cables, postes y alambrados. En muchas ocasiones, para verificar el trabajo de su tropa de empleados se guindaba de cuanto poste, árbol y techo de almacén de tabaco. La noche lo cogía por aquellos montes, mientras las mujeres del barrio lo vigilaban de cerca. Al terminar la faena se acercaba al chinchorro más próximo y se inflaba de cerveza. Jugando billar y bebiendo pasaba un largo rato mientras ciertas damiselas del barrio comenzaban a acercársele y él tampoco les perdía ni pie ni pisá. Se sentaban junto a él en una mesita en la esquinita y cuando era el momento de despedirse, lo acompañaban al hotel más cercano o se lo llevaban al camastro de cualquiera de ellas. Llegado el momento de continuar su trabajo en otro pueblo, las damiselas mandaban a asar un lechón festejando en algún chinchorro hasta el amanecer. En muchas ocasiones debía retornar a los pueblos para seguir haciendo ajustes en las instalaciones de teléfono y ellas como siempre compartían junto a él sus lechos cálidos y húmedos.

En poco menos de cinco años, Felipe fue seleccionado por la empresa para servir de consultor en la instalación de los cables de teléfono de varios países del Caribe y Centroamérica. Viajó a Colombia, Costa Rica y Guatemala y la procesión de mujeres no cesó, pero esta vez eran secretarias, asistentes de ministerios y ayudantes de las jefaturas legales, y todas le presentaban la pelúa sin remordimientos ni penas. Felipe, ni corto ni perezoso, se llevaba dos y tres cucas a su hotel cada noche. Las manos y los cuerpos se enroscaban gimiendo, hundiéndose en un mar de delicias. Al día siguiente ni te conozco ni te he visto y Felipe, siempre acompañado por oficiales del ejército, continuaba su carrera de ejecutivo telefónico transportado en avionetas y helicópteros, lanchas, pequeños barcos de vapor, Jeeps y camionetas.

Pasando la moza a palo va y a palo viene, brincaba de frontera en frontera, sin notar diferencia territorial ya que los mayas, ladinos, mestizos-blancos, negros y asiáticos se entremezclaban manteniendo el paisaje turístico uniforme. En Guatemala se transportó al Petén, a las tierras altas del centro del país, al litoral del Atlántico y a la costa sur y se topó con ganado vacuno, ciervos, monos, pecaríes, jaguares, tapires, pumas, cocodrilos del río Polochi y manatíes en el lago Izabal y naturalmente una variedad infinita de quetzales. En Costa Rica, viajó de Guanacaste hasta Talamanca, y no quedó más remedio que caminar su buen rato por las extensiones de caminos de la cordillera central. Expedicionó las selvas con machete en mano, tratando de buscar terrenos estables para hincar postes y ahí se topó con los indios bribis y cabecares, que ofrecían sus mujeres vírgenes junto a racimos de plátanos a cambio de ron. El ejército hacía entrega del ron mientras las jóvenes de piel dorada pasaban a mano de la tropa de empleados y soldados y naturalmente a Felipe que no tenía ningún remordimiento en enlecharlas.

Los viajes a Colombia eran los que más Felipe se gozaba. El gobierno lo acomodaba en las mejores dependencias hoteleras con todos los gastos pagos y le ofrecía un vehículo con chofer a su disposición veinticuatro horas. En Bogotá, se daba vuelta por los cabarets de moda, dándole chino a las cigarreras, mozas, bailarinas y cantantes y cada vez que tenía una oportunidad las ponía en cuatro, jugando a la tabla de multiplicar y ellas relinchaban de gusto. Viajó desde la Guajira hasta la Ciénaga Grande de Santa Marta y cuando arribó a la bahía de Cartagena, parecía que había llegado a su casa de tan cómodo que se sintió. Para moverse a los Andes, con su tropa de empleados, el gobierno fletó un convoy de guerra. Desde Bucaramanga hasta el Río Orinoco se sentía personaje real de *La Vorágine*, ya que siempre iba acompañado de osos hormigueros, tapires, pumas, mapaches, monos y jaguares que atacaban las ruedas del convoy. Poco tiempo después Felipe aterrizó en La Habana y las autoridades gubernamentales lo hospedaron en el famoso Havana Riviera con sus patios con fuentes, azulejos, helechos, gardenias y amapolas. Fue la primera de muchas estadías. Llegaba al hotel y se disparaba a recorrer calles, catedrales, fuertes y palacios de la mano de funcionarios gubernamentales, todo con el propósito de preparar un plan maestro para hincar postes e hilar la ciudad de cables.

Con el tiempo Felipe se había convertido en un hombre maduro, interesante, refinado y conocedor de las grandes ciudades del Caribe. Los domingos en la tarde almorzaba en el Sloppy Joe's y de noche acostumbraba dar la vuelta por el Sans Soucí y el Floridita invitando a las mujeres más elegantes de la ciudad a pasar la tarde en el Jockey Club y en la noche se llevaba a su habitación a quien más le apetecía. De paso les daba un baño de lengua y bailaban al unísono un yoyo detrás del otro. Así conoció músicos, compositores y locutores de la Radioemisora Cadena Azul y por medio de Bobby Capó, Tito y Johnny Rodríguez tuvo la oportunidad de acercarse a las bailarinas de cuerpos exuberantes y plumajes exóticos de los cabarets, las cuales pasó a singarlas sin pena ni gloria. Cada vez que regresaba a Puerto Rico llegaba con un bronceado que daba envidia, cuatro cajas del mejor ron, los más exquisitos cigarros, trajes en hilo y perfumes franceses para su mujercita, chocolates suizos y juguetes españoles para su hijita, guayaberas hechas a la medida para el abuelo Juan y el abuelo Cristóbal, pañuelos de seda para la abuela María, kimonos japoneses para sus hermanas y una selección de los mejores discos para Fernando. Felipe me tomaba en sus brazos y me llenaba de besos mientras repetía: "Nada como La Habana."

14

PILAR MIENTRAS TANTO verificaba a diario que todo en la administración del hogar estuviese en orden, incluyendo la ausencia de su marido. Hacía ya una temporada que había dejado de trabajar en la tienda de Mister Gautier, ya que con el dinero que Felipe hacía era más que suficiente. Obtuvieron el pronto para una buena casa de cemento con baño y cocina respladeciente, terraza, balcón y marquesina en una de las nuevas urbanizaciones construídas con capital privado. Tenía todas las comodidades modernas, los pisos del mejor terrazo y las ventanas estilo Miami en cristal resplandeciente. La puerta de la terraza era de cristal en dos hojas y los accesorios del baño eran en azul con losetas en combinación. Pilar pasaba la mano por la superficie de aquellas losetas, admirada de su perfecto diseño, sorprendida de su gran aburrimiento.

Para distraerse decidió tomar las clases de repostería que Extensión Agrícola ofrecía a las amas de casa. Aprendió a hacer turroncitos de chocolate, mantecaditos, flan con almíbar, y rellenos de crema. Batía huevos, mezclaba mermeladas y harinas y cocinaba lentamente el almíbar de los flanes hasta que se aburría de tanta melcocha. Yo me acercaba a la cocina con mi libreta y lápiz a copiar las recetas para llevarlas a la próxima reunión del Club de amas de casa de la escuela. Iba con Pilar a comprar los ingredientes y me llevaba una bolsa llena de productos para el salón de economía doméstica donde Misis Valentín nos machacaba una y otra vez la importancia de la dieta balanceada para la familia. De puro aburrimiento miraba por las ventanas a todo el que pasara por el pasillo hasta que llegaba Aquel y me hacía señas con los ojos y a la salida me encontraba con él dónde ya tu sabes estrujándonos hasta que nos diera la gana.

Pilar, de perfecta señora casada, de forma cientifica estudiaba las etiquetas de los productos para limpiar toilets, bañeras, cristales y espejos, plata y bronce, ceras para pisos y muebles de madera. Conocía todas las clases de mapos, escobas y escobillones, así como toda la variedad de gamuzas y trapos. Fue a todas las demostraciones de productos Tupperware y compró la colección entera. Los anaqueles de la cocina no daban a vasto, además los clósets de la casa estaban repletos, ya que varias veces por semana salía de shopping a las mejores boutiques de la capital. Adquiría las últimas modas y estilos, mientras yo me arrastraba a besos y apretones con el Otro en el patio de la casa, en la cocina, en la sala y me escondía de Aquel para que no le diera un berrinche de celos. Se podía decir que yo era una niña precoz. Precoz la niña era.

A Pilar se le veía caminar por la plaza del mercado entre los estantes de viandas y plátanos, recao y calabaza, utensilios de cocina y piletas de lavar ropa, con su último traje en hilo verde limón y su collar de perlas de Mallorca comprado en una joyería de la capital. Se le veía entrar a las botánicas, donde las Rosas de Jericó dormían el sueño del olvido en sacos de arroz, las manitas de azabache guindaban en hileras de cadenas de oro y los perfumes y colores de las especias invitaban a hacer el amor en una alberca a la luz de la luna. Los vendedores veían a esa mujer con su melena negra al aire y el cuerpo redondo como una toronja madura acercarse a sus estantes y se olvidaban de las miserias de la vida.

Cada dos semanas, Pilar tenía cita con la peluquera y la manicurista y una vez al mes visitaba la costurera junto a una amiga. Pilar entonces me llevaba en el viejo Plymouth a pasar la tarde con las hijas de su amiga. La amiga de Pilar se encaramaba en el Plymouth y yo me encaramaba en la cama con mis amiguitas. **[Este era un gato]** Nos echábamos una frisa encima, nos quitábamos la ropa y experimentábamos con todo tipo de utensilios puntiguados. Practicábamos besos, apretones y peleas como los amantes rabiosos de las películas del cine. En otras ocasiones abríamos las gavetas y armarios de la señora de la casa y nos disfrazábamos de cabareteras. **[Este era un gato]** Plumas, estolas, collares de perlas y rhinestones, corséts, brassieres con escote, **[que tenía los pies de trapo]** zapatos de tacos puntiagudos, panties y medias de seda que ajustábamos con imperdibles. Caminábamos por toda la casa vestidas como **[y la cabecita al revés]** para carnaval de putas. Exhaustas nos dábamos un baño y salíamos desnudas a la cocina a comer tortitas de harina de maíz con sendos vasos de Coca-Cola, hasta que llegaba Pilar a recogerme y su amiga gritaba: ¿Qué hacen desnudas en la cocina?

Pilar se obligaba a que el tiempo no pasara en vano, manteniendo una postura de feliz esposa casada viviendo en urbanización moderna, con delantal y tacones, pero los nervios la traicionaban. La soledad y falta de comunicación con su marido la confundían. Lloraba por las esquinas de aquellas paredes relucientes y las pocas veces que dormía, despertaba ansiosa o de mal humor. A veces soñaba con Bella proclamando versos en una montaña seca y desprovista de vegetación o soñaba con el poder de cualquier sultana de harem, con sus manos cubiertas de las joyas de la dinastía y su piel perfumada con fragancias exóticas. Que se acuñaran monedas de oro en su honor y que los viernes en la tarde su nombre se pronunciara claro desde el púlpito de la mezquita. Aún más, que su poder de sultana le diera a escoger varios guerreros de pechos fuertes y nalgas redondas que la acunaran y le estrujaran los huesos hasta el éxtasis.

-Me siento inútil y vacía. Con una sensación de que algo pasa allá afuera y me lo estoy perdiendo, le confesó una vez a su médico.

-Mijita, que andas diciendo, tienes una salud perfecta, además estás haciendo lo correcto, atender a tu marido y a tu hija, estar disponible y con buen carácter, tener tu casa limpia, todas cosas importantes para el bienestar de la familia, lo que te hace falta es parirle más hijos, un hijo solamente es contranatura, mija, ¿tu estás yendo a la iglesia? te voy a dar una receta de barbitúricos para cuando te sientas intranquila.

-¿Parir más hijos? ¡Usted está loco!

¿Y cómo se protegía Pilar para no caer embarazada? Pues usaba lo que todo el mundo, desde la hierba mora azul hasta apretar las piernas para que el miembro no entre. En ocasiones pensó que debía operarse. Medio país lo estaba haciendo, pero se dijo ¡no que va! que se lo corten ellos, yo no me corto mis trompitas. A otro con esa guasa o como dijo La Negra Tomasa ni que me vengan con guasa, porque yo también soy guapa, mucho más sabiendo que mi marido se lleva hasta a una escoba con peluca a la cama.

Demás está decirle a mis amables lectores que Pilar salió como agua pa' chocolate del consultorio. De allí se fue para la casa del abuelo Cristóbal, pues hacía un par de días no tenía noticias de este, y se encontró al abuelo postrado en el camastro con un ataque de dengüe. Pilar le puso una mano en la frente y arropó al viejo, tomó el mosquitero y lo metió debajo del colchón. Se fue al botiquín del baño para buscar las aspirinas Bayers y le suministró dos; mientras tanto le extrañó no ver a la muchacha de servicio. Se asomó al patio y no la encontró por ningún lado, mas afuera el quiquiriquero incesante de los gallos llegaba a la desesperación y decidió bajar al patio para ver qué sucedía. Los gallos desesperados de hambre y sed quiquiriqueaban a los cuatro vientos. Localizó el saco de maíz y comenzó a desparramarlo por los rotos de los alambres. Con calma derramó agua en los cacharos y se entretuvo recogiendo las hojas secas cuando un ruido singular, como de una mujer quejándose la hizo caminar hasta el ranchón. Al entrar al bohío encontró a la muchacha de servicio encaramada en la horqueta del lechero. Se quejaba como si algo le doliera, pero su cara estaba sumergida en el más profundo de los placeres. Pilar quedó suspendida en la escena. Cuando el lechero se dio cuenta de que Pilar era público en palco se sacudió a la muchacha de su montón. La muchacha salió corriendo hacia el patio. El lechero trató de ponerse el pantalón pero estaba tan confundido que no pudo, quedándose con los cojones al aire y en pelotas saltó la verja.

Pilar subió a la casa y desde la ventana observó a la muchacha de servicio escondida detrás de un árbol, también observó cada gallo en su jaula. Todos y cada uno machos agresivos, con patas y uñas macisas. Por encima del dedo posterior se prolonga una uña afilada. La cresta se impone como un hacha de fuego, el espolón brilla con luz propia. Distinguió bien la silueta de la cabeza, el torso, el cuello largo, las patas y el espolón en el centro.

15

TÓMESE UN MECHÓN de la barba de ese hombre, cortado lo más cerca posible de la oreja y búsquese una moneda de plata que haya llevado encima medio día al menos. Póngase a hervir ambas cosas en una vasija color gris nueva y llena de vino. Esta es la receta perfecta para que un hombre la ame. Posando en trajes de baño y con los cuerpos mojados, los turistas se toman fotos. Los niños se tiran al agua, juegan con la arena y buscan caracoles. Los adultos toman el sol o van al agua a darse un chapuzón. Un pequeño ejército de chiringas de colores vivos desaparece entre las palmas, los almendros y los tamarindos. Sus rabos moviéndose al vaivén del viento están infectados de navajas y si te descuidas tu chiringa será acuchilleada y herida irremediablemente.

-¿Quieres tamarindos? Ven te voy a enseñar a abrirlos. Los acuestas en la arena y con este peñón los espacharras ¡¡¡CHASSS!!! hasta que el cascarón cede y una pulpa pegajosa sale. Entonces chupas. Ven. Pruébalo.

-¡Minerva cómo se te ocurre darle de comer esa fruta tan amarga a ese niño!, exclamó Claudia Luz.

-Que te preocupa Carmen. El tamarindo es nutritivo y los niños tienen que aprender a comer de todo.

-Minerva tiene razón, a las criaturas hay que darle de comer de todo. Cuando yo tenga los míos comerán hasta tierra, dijo Carmen.

-Tierra tendrán que comer, porque con lo que gana ese soldadito novio tuyo no creo yo que tengan suficiente en esa casa, respondió Minerva.

-¡Cómo eres Minerva! Como a ti nada de lo maternal te interesa. ¿Cuántos hijos quieres tener Carmen?, preguntó Cecilia.

-Yo pariré, pariré y pariré hasta reventarme, pero no aquí. Me casaré con mi soldadito y me iré del país. Fuera de este país las cosas nos irán mejor.

-Pero muchacha, que tanta prisa por irse.

-¿Y por qué no? Todo el mundo lo hace. Es lo más natural y es la única forma de salir de ese barrio de pobres. Me hartan los problemas de esta isla. Qué culpa tengo yo de ser bien bonita , de haber escogido un soldado para casarme y no haberme enliado con esos nacionalistas locos y muertos de hambre peleando por la patria. ¿Qué patria? Y qué me importan a mí los problemas de las patrias. A no ser la patria de mi cama, mi familia, un Ford último modelo en la calle esperándome. ¿Que entraron anoche en el bar de doña Matilde y arrasaron con Este, Aquel y el Otro? Por vagos. A mi que me importa, que se los lleven a todos, que yo los ayudo a seguir localizando gente.

-Yo creo que haré lo mismo. Finalizaré la universidad aquí y me iré para Madrid a estudiar medicina. Viviré en una pensión de estudiantes. Lo tengo todo muy bien pensado, afirmó Cecilia.

-¿Y, mami y papi conocen de tus planes?

-No ...pero se imaginan algo. Ellos me inundan de preguntas

y yo me hago la evasiva, la que no entiende, porque si se enteran de mis planes me echan detrás todos sus espíritus.

Claudia Luz escuchaba a Cecilia relatar sus planes, mientras Minerva se columpiaba en el parque. Carmen recostada en la yerba vigilaba dos chiringas heridas que caían a tierra con una velocidad de espanto.

-Vámonos que está oscureciendo. Hoy hay sesión espiritista y saben que nos quieren en casa temprano, dijo Claudia Luz.

-Me rejoden esas sesiones espiritístas.

-Idem, por acá.

-Ya, dejen de quejarse.

Tomadas del brazo, en medio de la algarabía de los niños, vendedores de helados y gomas de mascar, las mujeres avanzaron hasta el hotel Escambrón, cruzaron un grupo de turistas con cámaras y camisas de colores y se dirigieron hacia la avenida Ponce de León. La tibia tarde lentamente se convirtió en una noche calurosa con una brisa de mar seca. El ruido de las hojas secas se confundía con el chillido de un guaragüao buscando pareja. Llegaron justo cuando RMC pedía permiso para entrar a la mesa blanca, el abuelo le dio la bienvenida y RMC se introdujo en el cuerpo de una de las médiums:

-¿El hombre en Puerto Rico hace vida higiénica? ¿Cuántos puertorriqueños se acepillan los dientes antes de acostarse? ¿Cuántos se hacen observar la vista? ¿Cuántos se sacan los piojos? Quizás seamos de los pueblos más abandonados a este respecto. La higiene pública, la higiene de la ciudad y de los campos, ha merecido muy poca atención a nuestros encargados de vigilar por ella. **¿Oiste eso, vieja?**

La médium se arregló el pelo, pidió agua fresca, pues dijo que venía de un largo viaje y se secó el sudor de la frente. Las mujeres se abanicaban la cara y los hombres se secaban los sudores con sus pañuelos, a excepción de Minerva. Hacía ratito que su mirada andaba debajo de la mesa. Tenía la sensación de que algo se movía y no podía precisarlo. Era la falda de la médium. Echó una mirada alrededor y nadie más movía sus enaguas. La médium disparaba las palabras que RMC le imponía en su cerebro y el vuelo de su falda flotaba en lo que parecía ser un singular remolino de viento. Minerva se levantó de su silla y fue a parar al lado de la médium.

-En un país bien regido, en donde se vive realmente la vida civilizada, no se concebiría tener una muchedumbre llena de lombrices y parásitos. Esto desgraciadamente ha tenido lugar en esta isla. Aunque si lo analizamos en su totalidad vemos que es una condición del Trópico, lo que se vive aquí en estas islas, cuando el sol amelcocha nuestra razón. Por eso estoy de acuerdo con lo que ha dicho el gobernador de esta isla muy recientemente. RMC continuaba con su discurso.

-¡Tu novena terminó!, gritó la médium de repente.

-¡Tu novena terminó y ya te puedes retirar! Te voy a prendé una vela de La Candelaria, pa' que te vaya en pazzzzzzz, pero en este territorio no te quiero mássssssss.

No cabía la menor duda, un ser maléfico se había apoderado del templo. Una bruja debe haber sido.

-Alejo que el mal alejas, aleja a los malos ratos y aleja a los insensantos que lleguen aquí. Demandó la abuela María, mientras daba golpes en la madera y dirigía sus manos a la jarra con la Rosa de Jericó.

-Alejo que el mal alejas, aleja los malos ratos.

La médium comenzó a bailar y a cantar, gritó improperios, se levantó la falda y se sentó en las rodillas del abuelo Juan. Con una mano le tocó la verga y con la otra se sacaba los mocos de la nariz. Los muchachos estaban en el cuarto de atrás viendo tv y en menos de un segundo allá fue a parar. Fernando por poco se orina encima, Claudia Luz dio un brinco en la cama y cayó al lado de Cecilia, Carmen ni se enteró porque estaba bañándose, Minerva, los abuelos y los feligreses persiguieron la médium hasta el cuarto y la sacaron después de mucho esfuerzo. Entre cinco feligreses la levantaron por los brazos, después de que ella reventara el zipper de su traje, se desabrochara el brassiere y se bajara los panties, quedándose en pelota. Todo sucedió muy rápido y en el momento en que los abuelos entraron al cuarto ya la médium estaba estrujándose en el cuerpo de Fernando. El pobre muchacho con sus ojos desorbitados hacía lo imposible por sacarse aquel ser de encima.

-Alejo que el mal alejas, aleja a los malos y viciosos, a todos aquellos que se dejan influenciar del de la Pata Hendida, repitió la abuela Maria. La médium finalmente cayó inconsciente y sudorosa. Despertó, se vistió y dice ella que nunca se enteró de lo que le sucedió aquella noche.

¿Qué nunca se enteró? ¡Embustera! Si se estrujó con Fernando con una bellaquería vieja, le contó Minerva a Pilar cuando ésta preguntó: ¿Qué pasó anoche en el templo?

-Te lo acabo de informar. Una de las doñas que frecuenta el templo se emplegostó anoche con mi hermano. Eso fue lo extraordinario, además de la perorata de RMC. Anoche le dio con hablar de la higiene. Yo creo que las brujas enviaron un espíritu burlón para que RMC cerrara la boca. Si hubieras visto las caras de papi y mami. Era para morirse de la risa.

Yo me metí en la conversación sin ser invitada y dije:

-Pero mami, la higiene es bien importante. Una vez al mes la health nurse va a mi escuela y repite la cantaleta que la higiene ayuda a eliminar parásitos, hongos, virus, el piojo verde, el tifus y el chinche, para que podamos controlar la tuberculosis que le está cercenando los pulmones a la gente y por eso tú los ves caminando con el cuerpo virao. Todavía hay más, esa health nurse no se cansa de decir que la higiene fortalece el organismo, pero para que esto ocurra hay que bañarse todos los días. En la escuela elemental, la health nurse le rapó la cabeza a muchos niños y entregó bolsitas de alcanfor para poner en las gavetas de la casas y en la escuela superior, repartió peinillas y cepillos nuevos y a los muchachos les enseño a usar **DESODORANTE**.

-¡Esta muchacha parece que trabaja con el gobierno!, espepitó Minerva.

-Allá ustedes que no me quieren creer.

Mas esa misma noche, mientras Pilar escuchaba el noticiero en el Canal 2, se presentó el gobernador en vivo para un corto pero importante mensaje sobre la higiene:

> "Se ha comenzado una campaña contra la suciedad y los parásitos. Las autoridades sanitarias estarán a cargo de este proyecto que auguramos será todo un éxito ya que contamos con la ayuda del Health Department federal. Es nuestro propósito hacer de esta isla un ejemplo de limpieza ciudadana, es por eso que he dado instrucciones al Insular Police para que se cierren los burdeles y las casas de citas como una forma de controlar las enfermedades venéreas. Esto incluye las Viejas casas de las afamadas Concha la Tetona, Siete Varas la gallega, Lula La Ojos y Madame Cloé la haitiana." **¡Aqui no hay respeto!**

16

LA TÍA CLAUDIA LUZ anunció su boda con El Gringo una mañana clara de diciembre y como a ella las ceremonias religiosas la tenían sin cuidado, informó:

-Me caso por el juez dentro de tres días.

-¿Cómo que te casas? ¿Por qué te lo tenías tan callado?, exclamó Carmen.

-El casamiento no es algo trascendental, no tiene importancia, lo que tiene transcendencia es el compromiso con la otra persona y eso es algo íntimo, muy personal.

-Dios los cria y ellos se amontonan. Te felicito, hermana. Minerva le dijo, mientras Cecilia le daba un gran abrazo a su hermana. Los abuelos no dijeron palabra, más bien por el estado de conmoción que les causó la noticia. A los pocos días los abuelos ya recuperados, comenzaron los preparativos para celebrar la fiesta del matrimonio. A lo que la tía Claudia Luz respondió: No se preocupen porque tampoco me interesan las fiestas.

-Me parece muy bien, contestó Fernando. Así no tienen que tirar el dinero por la ventana.

-Cuenta con nosotros, dijo Pilar, me parece estupendo que formes familia.

El matrimonio se llevó a cabo en la sala del juez de la corte de San Juan, y de ahí se trasladó hacia la finca experimental de aguacates y cítricos, que la Universidad de Puerto Rico tenía en Guaynabo. El Gringo se desempeñaba como botánico y agrimensor. Vivirían en una de las casitas de madera para matrimonios, que la finca tenía dispuestas para sus empleados. La tía Claudia Luz se dedicaría a atender a su marido, a tener muchos hijos y a esperarlo todas las tardes sentadita en el balcón de su casa. Cuando nació el primer hijo, el Gringo no se sentía del todo bien. Tosía de noche y de día y la flema, que al principio era transparente, era ahora un gargajo rojo espeso. No obstante, celebraron el nacimiento del hijo con una gran fiesta en la finca. El Gringo ordenó a los peones de la finca a que asaran un lechón. La celebración comenzó un sábado en la mañana con toda la familia reunida. Los abuelos vieron la criatura por primera vez y el abuelo Juan dijo:

-Este niño necesita una protección mayor. Es un espíritu abatido y solitario que lleva deambulando por los espacios por muchas generaciones. Tampoco tu marido se ve nada de bien.

La abuela María, no lo pensó dos veces y se metió en el cuarto del niño con la tía Claudia Luz e invocó a Eusapia Palladino:

-La cosa no anda bien y no es pa' celebraciones. Ese niño anda rodeao de mala compañía. El llegó a este mundo como navaja pa' degollar muertos. Esa es un alma de pesares. Hay que santiguarlo en el mineral del agua de los baños de Coamo, hay que rezarle la oración de espíritus en desgracia. Y a su padre de él hay que cubrirlo de incienso Congo, Baño San Miguel, ajo molido, papaya y ruda pa' atraer la felicidad y la buenaventura.

-¿Y la Rosa de Jericó?

-No sirve pa' estos casos.

Para aquella época, si te diagnosticaban que tus pulmones estaban perforados, te recomendaban que te fueras al campo a respirar aire puro. El aire, el descanso, y la buena alimentación poco a poco surcían los pulmones. Esa fue la receta que el médico le dio a El Gringo. Este pidió traslado a una finca experimental en las montañas de Arecibo, con la seguridad de que el aire del Atlántico que azotaba aquel litoral mejoraría su salud; mientras la tía Claudia Luz cargaba con su hijo y su mudanza a casa de los abuelos. Todo el mundo conocía que El Gringo tenía la innombrable, aquella que te percude la respiración y te hace botar un líquido rojo por la boca y la nariz.

La tía Claudia Luz decidió tomar cartas en el asunto y se matriculó en la escuela de enfermería para de la noche a la mañana convertirse en experta en antibióticos y anestésicos, bacterias, gérmenes, virus, células, glándulas y glóbulos. Como si eso no fuera poco escrutinó el otro ambiente:

-¿Alguién en esta familia conoce a la Viejas del Caño?

-Yo las conozco, respondió Pilar.

Un sábado en la tarde Pilar y la tía Claudia Luz se fueron cuesta abajo, hasta llegar a la maleza de callejones, raíces de mangle, charcos de agua, mierda y orines. Las Viejas atendían a una clienta en ese momento y debieron esperar. Mientras esperaban, la muchachería del barrio se fue acercando y Pilar sacó siete chavitos, los tiró al aire y toda esa muchachería piojosa y malolienta se enfrascó en una pelea por siete centavos. Mientras esperaban, se escucharon chillidos y llantos. Un grito bien agudo trajo un llanto leve y quejoso. Una de las Viejas susurró:

-No hagas tanto ruido muchacha, que puede venil alguien.

Pilar y Claudia Luz se acercaron a la choza. En un camastro sucio y maloliento había una muchacha embarrá en sangre. Las Viejas tenían las manos emplesgostás y un coágulo negro como de tres pulgadas de diámetro estaba tirado en el suelo como carne para tasajo. La muchacha lloraba y se quejaba de dolor. Claudia Luz preguntó:

-¿Podemos ayudar?

La tía Claudia Luz de inmediato se puso a limpiar a la muchacha. Pilar fue a buscar agua y bañaron la muchacha de arriba a abajo. Las Viejas prepararon un té bien cargao de malta y anamú que es bueno para parar las hemorragias y la muchacha comenzó a beber el té hasta que se quedó dormida. Pilar y Claudia Luz se metieron debajo de un chorro de agua que salía de una pluma pública y se lavaron la cara, las manos y los pies y mientras la muchacha dormía, las Viejas se amontonaron cerca del chorro de agua y Claudia Luz narró la desgracia de su marido.

-Eso no es tó. Mucho más le va a pasá a su marido, polque la salud de ese cuelpo está estancá por sus venas, una espada cruza su alma y su espíritu está condenao al vicio humano. No le vendría mal un hervidero de ruda y menta que se le arroje por tó el cuelpo. No le vendría mal, dijo una de las Viejas mientras sacaba una culebra enflaquecida de un latón, partió la cabeza del animal con la mano y un manojo de sangre negra cubrió sus dedos. Envolvió el cuerpo de las serpientes en un periódico viejo y le dio instrucciones a la tía Claudia Luz para que preparara una sopa con este animal.

-Cruz divina llena de luz, pon ese demonio a volar.

17

El traslado a Arecibo, las recetas del medico y los cuidados de la tía Claudia Luz contribuyeron a mejorar la salud de El Gringo. Poco a poco su rostro tomó un color más humano y su cabello volvió a brillar. Pronto se le vio dando paseítos por el barrio y mostrando interés por lo que ocurría a su alrededor; en especial el programa de Educación a la Comunidad que el alcade había inaugurado en el área. Luego de varias consultas con sus médicos y su jefe, decidió cooperar con este programa tomando unos cuantos muchachos como aprendices. El Gringo entonces preparó un programa de clases para la práctica de injertos, dedicando las mañanas enteras a esta técnica de la agricultura. Al Gringo le apasionaba todo lo que tuviera que ver con el estudio de los suelos, pero lo que más le apetecía era la enseñanza.

El alcalde y El Gringo se hicieron grandes amigos y de vez en cuando y de cuando en vez éste se dejaba llegar a la finca para evaluar el progreso de los aprendices en la ciencia de los injertos que son el futuro de este barrio. Aún más, cada vez que el susodicho alcalde veía algún muchacho piojoso y callejero, lo enviaba a la casa de El Gringo y allí se le daba un buen baño, una muda de ropa limpia y de ahí al ranchón a aprender de injertos: los injertos de púa, los injertos de contacto, los injertos una vez la rama está herida y abierta como culo expandido, ambas plantas vivas, en perfectas condiciones de desarrollo, de manera que constituyan un organismo capaz de crecer y fructificarse. El Gringo y sus dos perros, porque tenía dos perros satos, patituertos y zambos que siempre estaban en el medio estorbando, acercando el hocico por donde no los han llamado, ladrándole a cuanto sapo concho aparecía en el pasto, siempre incordios, siempre inoportunos.

El Gringo ya había recuperado su salud. Se sentía fuerte y disfrutaba a plenitud este retiro. Así fue corroborado por Danilo Sepúlveda, uno de los empleados en la finca:

> "Parece que el trabajo de campo le permitía tener cierta tranquilidad, pero lo que más le apetecía era poder compartir con sus aprendices. A veces con todos a la vez, o privadamente con uno a uno. Así los dirigía por el arte de los injertos. El que se hace aplicando un trozo tabular de la piel al orificio del patrón. El que se hace inyectando una púa de la planta nueva entre la corteza del patrón, el que se hace cuando se introduce debajo de la corteza del patrón por una raja practicada, un trozo de corteza, asomando luego por la raja como especie de una yema." [Grabación. Cinta #2]

La variedad de cítricos que conseguía con la ayuda de sus aprendices, así como el esplendor de sus aguacates, lo convirtieron en un personaje famoso por aquel sector y por lo mismo por su casa frecuentaban los agricultores de toda la isla buscando consejo para mejorar sus cosechas. Los consejos de El Gringo eran siempre seguidos con asombroso éxito, pero llegado el atardecer se metía con sus aprendices a mejorar sus juegos secretos, olvidándose por completo de su condición, de las recomendaciones médicas, de lo que diría su esposa y su familia, borrando de la memoria a su hijo, conformándose con el momento de éxtasis, del total abandono:

> "Me pagaba con buen dinerito para que yo no abandonara la finca cuando él tenía faena, y yo, curioso pero no chismoso, lo espiaba por los huecos de la cerradura y entre las matas del invernadero. Me escondía entre los palos secos, desnudos y vendados cual heridas de accidente de tránsito. Me escondía junto a los perros satos, patituertos y zambos que husmeaban hasta dentro de los calzoncillos cagaos. "[Grabación. Cinta# 2, lado B]

Los injertos en las plantas

"Una plaga de orugas ha aparecido infectando las siembras de injertos en las fincas de Arecibo y otros pueblos. De acuerdo a las indicaciones del ontomólogo de la Estación Experimental Agrícola de la Universidad de Puerto Rico, las siembras de injertos están siendo atacadas fuertemente por orugas grandes y pequeñas pertenecientes a dos especies distintas. Estos insectos devoran con rapidez las hojas de los injertos y a veces también se comen los bejucos. Cuando han devorado todo el follaje se mudan en grandes manadas en busca de otras siembras. Si no se combate a tiempo, la plaga puede ocasionar graves daños a los injertos y a otros cultivos de valor económico. Según el entomólogo, durante el mes de diciembre del año 1918 hubo un ataque similar en la parte noroeste de la isla desde Arecibo hasta Aguadilla. Han encontrado los técnicos que los placsecticidas, aplicados en polvo, solos o en combinación, han dado buenos resultados. La combinación de parathion al uno por ciento y DDT o DDD al cinco por ciento es, aparentemente, la forma ideal de combatir las plagas mencionadas." [*Finca y hogar: la revista de la finca y la familia, 5*]

18

[QUISIERA VERTE Y NO VERTE.] La muerte de El Gringo fue repentina. Era de esperarse. El ejercicio físico no fue exactamente lo que le indicó el médico, mas antes de morir dejó especificado en su testamento que sus restos fueran incinerados y las cenizas tiradas al Atlántico.

La muerte es lo peor que acontece en estos casos, porque devela grandes secretos.

Toda la familia se reunió en la plaza de Arecibo. Toda la familia vestía de negro en un día cualquiera a las once de una mañana radiante. Claudia Luz llevaba las cenizas de El Gringo en una cajita de metal. Caminamos hasta el mar abierto en el momento en que las olas batían las piedras con la ferocidad de un enemigo hambriento. Un grupo de compañeras de estudios de Claudia Luz esperaba en la orilla. Una de ellas se acercó a Claudia Luz y le dio un sobresito. El abuelo Juan y la abuela María quisieron pronunciar algunas palabras antes de echar las cenizas al mar, pero el mar andaba belicoso ese día y un oleaje súbito hizo que tuvieran que echar a correr hacia la carretera. Cecilia y Carmen ayudaron a Claudia Luz a llegar hasta la carretera, mientras Minerva y Fernando ya caminaban por la plaza. Felipe me agarró de la mano. Pude oler el perfume en su muñeca. Yo tomé la mano tibia de mi padre y me dejé conducir. Indico que Pilar ese día vistió un traje negro pegado al cuerpo en hilo negro con un collar de perlas de agua que había conseguido en una de las joyerías de San Juan.

Después de la ceremonia, Claudia Luz decidió quedarse en la casa de la finca de Arecibo para recoger las pertenencias de El Gringo y Pilar y yo nos quedamos a acompañarla. La familia partió esa misma tarde para San Juan con el niño. Luego de parar en un colmado para comprar lo necesario para la cena, nos dirigimos a la finca. Claudia Luz fue a la cocina, buscó un vaso con agua y entró a la habitación del difunto, sacó de su cartera el sobrecito, abrió el contenido y sacó un barbitúrico, el cual se metió en la boca. Se recostó en la cama del difunto y con todo y ropa se quedó dormida. Al otro día y un poco recuperada, la tía Claudia Luz se levantó y se metió a bañar. Se quitó la ropa y abrió el botiquín. Claudia Luz llamó a Pilar y preguntó:

-¿Qué es esto?, señalando hacia el botiquín abierto.

-Es un dildo.

Curiosa, Claudia Luz observó aquella pieza de artesanía y la acomodó nuevamente en su lugar. Abrió el armario de toallas y sábanas y tomó una de las toallas. Se metió a bañar y notó unas pequeñas gotitas de sangre en la cerámica de la pared. Salió del baño, abrió su maleta, sacó una muda de ropa y sin tomar café comenzó a sacudir muebles y cambiar sábanas. Pilar y yo permanecimos en la cocina. Pilar preparaba el almuerzo y yo leía un *Bohemia* que había encontrado tirado en la sala. Claudia Luz entró a la habitación de El Gringo, quitó las sábanas de la cama, sacó la ropa sucia del canasto y se dispuso a barrer, no sin antes levantar el mattress de la cama. En ese momento saltaron al aire un montón de fotos, que en menos de un segundo se regaron por todo el piso. Claudia Luz, entre curiosa y sorprendida, recogió las fotos. Se acomodó en la cama y con cuidado comenzó a hojear las fotos.

¡Qué embollá! Aprendices desnudos, **[Quisiera]** aprendices fotografiados en un ranchón vecino como Dios los trajo al mundo, arriesgando a que algún gallo o gallina del área les picoteara el cuerno, aprendices jugueteando entre sí, tocándose los pedazos de piel y cada pieza **[verte]** de músculo.

La viuda, horrorizada, tiró las fotos a un lado, siguió escarbando toda la habitación y encontró, cucharas de plata, **[y no verte]** botellas de culos pequeños, pedacitos de madera lisos y redondos, collares de pepitas de plástico, esposas de **[quisiera hablarte]** metal y látigos de cuero de chivo. Pobre viuda, la veo desesperada, tirar gavetas en el piso, romper los espejos, **[y no hablarte]** quemar las fotos.

Llegó la noche y la tía Claudia Luz continuaba tirando, quemando y destruyendo aquella casa, pedacito a pedacito. Pilar entró **[quisiera encontrarte]** a la habitación del difunto, abrió la cartera **[solo]** de Claudia Luz y **[y no quisiera]** sacó el sobrecito. Abrió **[encontrarte]** el contenido y sacó un barbitúrico, buscó un vaso de agua y se lo entregó.

-Tómatelo.

19

QUISIERA HABLARTE y no hablarte, quisiera encontrarte y no encontrarte. En definitiva no quisiera encontrarte ni solo ni acompañado. Años después y ya recuperada, la tía Claudia Luz compró una casa en una barriada pequeña muy cerca de la casa de los abuelos, con la pensión del difunto. Había ya finalizado sus estudios de enfermería y se encontraba trabajando en el Hospital Pavía. Para esa época se unió al Proyecto Oz.

-¿Qué es eso, mija?

-Es un proyecto que investiga las naves inter-planetarias, madre. Con grandes telescopios observan el infinito para ver si hay vida allá afuera.

-¿Y qué tu crees?

-Pilar, ¿por qué le preguntas? Indudablemente que está loca de atar, exclamó Carmen.

-Yo creo que sí, que hay vida, además tiendo a pensar que los espíritus, almas y ángeles no son sino seres interplanetarios que desean comunicarse con nosotros. Lo único que necesito son pruebas.

-¡Mala cosa! ¡Mala cosa!, repetía el abuelo Juan.

-¿Por qué es una mala cosa?, preguntó Minerva.

-Porque no se necesitan más pruebas que las que ves todos los días en esta casa, cuando se abre el templo y cuando no se abre también, ya que los espíritus son bienvenidos aquí siempre, respondió el abuelo Juan.

-Papi, que haga lo que ella le dé la gana, que para algo se lo ha ganado en sufrimientos.

-Pues para que te acabes de caer para atrás papi, sospecho que las brujas son intermediarias en esta tierra y tienen los poderes necesarios para comunicarse con seres superiores en otras galaxias, respondió Claudia Luz.

Efectivamente, las noches en las que la tía Claudia Luz no estaba en el hospital de guardia, se encontraba encaramada en alguna montaña y de frente a un telescopio. De alguna forma la tía se había recuperado de la traición de El Gringo y ahora se entretenía con el infinito. Pilar y yo acompañamos a la tía Claudia Luz en varias ocasiones. El recorrido en el mapa acostumbrado era éste: tomar el viejo Plymouth y coger por la carretera número uno hasta el cruce con El Yunque.

Virar a la derecha e ir zigzaguendo por ese monte.

Bordeando el río.

Las piedras.

Las pequeñas casitas a ambos lados de la montaña.

Los helechos enanos.

El cuchitril de una vieja que fríe bacalaítos.

Árboles de yagrumo, platanales,

Dos niñas en aquel monte recogiendo café.

El letrero "Property of the U.S.A."

El mar en el horizonte.

El inglés. Un 250′ telescope of the Jodrell Bank Observatory en Manchester, property of un inglés residente en la isla vigilaba el infinito. Con el rabo del ojo, el inglés observaba a la tía Claudia Luz, mientras determinaban los signos más allá del sistema solar y los ruidos de las galaxias desconocidas. El inglés me invitaba a ojear a través del telescopio. Yo veía pedazos de cielo y miles de estrellas, la luna en alguna esquina. Si movía el telescopio cuarenta grados veía al inglés junto a la tía Claudia Luz de la mano. Si viraba el telescopio sesenta grados, veía a Pilar sentada en alguna roca con sus ojos tristes mirando la inmensidad del horizonte y la neblina enroscada en la vegetación. Allí pasamos horas, tratando de alcanzar un planeta desconocido, remoto e invisible que nos sirviera de sostén y esperanza. Recuerdo en especial a mi madre sostener su mirada en el horizonte. Una noche nos topamos con la constelación Cetus, a once mil años luz de la tierra y el inglés y la tía Claudia Luz se abrazaron.

Creación del universo: algunas notas

"¿Ha sido creado el universo? ¿O bien es eterno como Dios? No cabe duda que no ha podido hacerse por sí solo y sí fuese eterno como Dios, no sería obra de Dios. La razón nos dice que el universo no ha podido hacerse a sí mismo y que no pudiendo ser obra del acaso, debe serlo de Dios. ¿Cómo creó Dios el universo? Para servirme de una expresión: con su voluntad. La razón nos dice que los mundos se han formado por la condensación de la materia diseminada en el espacio. Los cometas son un principio de mundo, todavía caótico. El principio del ser se da en el caos de las galaxias. Los principios orgánicos, regidos por un aura-dícese los espíritus-se reunieron apenas cesó la fuerza que los tenía separados y formaron los gérmenes de todos los seres vivientes. ¿Dónde estaban los elementos orgánicos antes de la formación de la tierra? Se encontraban en estado de fluído, por decirlo así, en el espacio, en medio de los espíritus o en otros planetas, esperando la creación de la tierra para empezar una nueva existencia en un globo nuevo. ¿Están habitados todos los planetas? Sí. Y el hombre de la tierra dista de ser, como lo cree el primero, en inteligencia, en bondad y en perfección. Hay, sin embargo, hombres muy vanidosos que imaginan que ese pequeño globo tiene el privilegio exclusivo de tener seres racionales. Se figuran que Dios creó el universo para ellos solos."[1]

[1]Matienzo Cintrón, Rosendo. *Obras completas.* (San Juan: ILP, 1950.) No recuerdo la página, pero usted busque hasta encontrar o pregunte a un bibliotecario, son gente de lo más aquel.

20

EN SUS POCAS NOCHES libres, la tía Claudia Luz se sentaba en el balcón de su casa, hasta que le arropara una nube de sueño o los mosquitos acabaran con ella. En realidad esperaba al inglés, ya que de un tiempo a esta parte andaban muy acurrucados. Una noche el barrio comenzó a recogerse y ella soñolienta continuaba en su sillón. Cuenta una vecina que se asomó por la ventana y vio a Claudia Luz acompañada por un caballero:

"Me estuvo curioso que estuviese recibiendo visitas a esas horas de la noche; así que decidí observar con más atención. Luego me di cuenta que se sonreían y me alivió pensar que era alguien conocido.

Una lluvia feroz se enfrascó sobre todos nosotros esa noche, eran gotas fuertes y rápidas. Al amanecer me levanté y como siempre abrí las ventanas. Allí estaba ese cuerpo tirado en la acera, completamente mojado. Los vecinos ya comenzaban a merodear el lugar. Se llamó a la policía y el resto es historia conocida.

Yo tenía conocimiento del hijo, lo que pasa es que él no vivía con ella. Era apenas un mozo que se independizó muy joven, pero no dejó nunca de frecuentar a su madre. Estaba muy pendiente de ella. Le arreglaba el jardín y hacía todas las reparaciones de la casa. La llevaba a sus citas médicas y el día de los muertos la llevaba al cementerio."

Pilar, tratando de comprender por qué uno de sus sobrinos había fallecido, leía en voz alta la declaración de la testigo aparecida en la prensa del día.

-Nunca supe que mi hermana tuviese un amante, a su edad, me parece algo descabellado, señaló Felipe.

-Descabellados son ustedes los hombres que piensan que a nosotras no nos pica de igual manera, contestó Pilar y continuó leyendo:

"El hijo se había opuesto a esa relación, que él consideraba ridícula. Esa noche el hijo venía metido en palos y decidió darle la ronda a la madre. Yo sentí ruidos en el patio y decidí asomarme por la ventana nuevamente. Vi al hijo abrir la puerta del balcón."[2]

El hijo entró a la casa y encontró a la pareja acurrucada como dos tórtolos. El inglés despertó, quiso darse a la fuga y comenzó el forcejeo. El inglés tomó algo pesado del tocador y le dio tremendo golpe en la cabeza. No pensó que había matado al muchacho, sino que lo había dejado trasquilao. Debajo de esa lluvia furiosa, lo arrastró a la acera. El agua se encargaría de borrar la sangre que salía de la cabeza. La lluvia seguía desparramándose mientras ese muchacho permanecía tirado en medio de la acera. Al inglés todavía lo andan buscando.

[2] Estas declaraciones se encuentran en el periódico *El Imparcial* del 10 de marzo de 1955.

El día del entierro de mi primo las tías abuelas llegaron a la isla alborotadas y algo cansadas. Tan pronto aparecieron en el vestíbulo del recogido de maletas del aeropuerto se abrazaron al abuelo Juan, quedando los tres como lapas incrustadas a una piedra. Llegando a la casa de los abuelos sacaron de la cartera un poco de cannabis puro de Jamaica y se metieron a la cocina a hervir agua. Las tías abuelas lloraban y gemían y los lagrimones caían en el agua hirviendo, convirtiendo el líquido en una sopa salada que poco a poco salpicaban con el cannabis. Entre sollozos pasaron las tazas del té a los miembros de la familia. El letargo se apoderó de todos, incluídos mis padres, y fuimos todos y uno a uno encontrando el sopor diurno, aquel que te hace pensar que duermes con los ojos abiertos y una nana ro ro parece escucharse.

El día del entierro de mi primo, los miembros del Proyecto Oz llevaron a cabo una ceremonia en donde se recordó al firmamento oscuro saturado de un caos de estrellas, polvos, hielos molidos, metales desconocidos y tierras del color de la plata. Se recordó a la reina Oz en una tierra lejana y difícil de encontrar poblada con seres exóticos y extraños y no hubo espíritu ni alma en pena que saliera al paso. Esa noche todos tuvimos sueños entuertos, principalmente Claudia Luz que soñó con una carroza en el firmamento halada por caballos de plata. La carroza llevaba un ataúd de oro con su hijo dormido. Se podía observar las pestañas y las cejas del cadáver cubierto de pepitas de oro. Eusapia Palladino despertó a Claudia Luz con un grito:

-Niña, esta soy yo. Soy yo que me llevo a tu hijo abatido y solitario a vivir el sueño infinito.

Ya sin hijo, sin amante ni marido, veo a Pilar rezar por la tía Claudia Luz. Pilar que se imagina al espíritu del hijo corroñoso y excitado dando vueltas alrededor de la casa y le da con pedir protección por las dos y por las ganas infinitas de poder poseer otro cuerpo, otro hombre. Ella que no tiene amantes que la acechen por el balcón. Ella que daría lo que no tiene por escuchar el relato de la tía Claudia Luz que lo tuvo a él de noche en su cama, con un susto inventado pero dichosa de poder ser casi libre.

21

EN UNA FAMILIA con tantas mujeres, los matrimonios eran la orden del día. Eran los tiempos en que en La Central High School todavía enseñaban Latin non negación repetida de una cosa, non, non, non. Era la epoca de lo té danzants y en el cine Imperial podias ver una peli por 25 centavos. El país iba pa'arriba y todos nosotros pa'abajo. Para aquella misma época, Carmen anunció su boda con el soldadito de plomo. Esta vez el abuelo Juan dio su bendición al matrimonio de inmediato, pero por siaca también fue a consultar con los haitianos del Caño.

Cosa rara, porque hacía muchos años que el abuelo Juan no iba por aquellos territorios. Aunque Fabián no existía ya en este mundo, le pareció prudente hacer esta consulta; aún y a sabiendas de que faltaba a sus espíritus. Ya había visto demasiado y es además sabio dejarse de puritanismos y consultar con gente que conocía mucho más que él sobre la maldad transparente que constantemente acecha. No hay nada malo o extraño en tirarse a hacer esta consulta. Yo he sido un hombre de bien y nadie me va a salir con engaños. El barrio entero me conoce... pensaba mientras bajaba la cuesta.

Allá en el fondo del mangle encontró a los haitianos fumando tabaco y conversando en un idioma imposible de entender. En el medio de un fogón hecho de viruta se arrinconaban, para evitar que los mosquitos acabaran con ellos. Se podía ver esa noche a Las Viejas aireando sus cuerpos mientras orillaban el Caño de un lado a otro. El abuelo Juan ni caso les hizo, porque él con brujas no se mete, mientras por la virtud de los espíritus pedía ayuda a las presencias. Fue cuando un hombre se encapuruchó con un manto rojo y plumas de pavo salvaje, tomó un plumero hecho de trapos y plumas de paloma y sacudió al abuelo Juan varias veces. De tomar le dieron una melcocha de ron con carne de tortuga y cebolla y en la oreja izquierda le engancharon un arete de oro. Las Viejas en la distancia podían observar la ceremonia y se reían a calzón quitao cada vez que el abuelo brincaba de gozo, que es lo propio en estas ceremonias. Demás está decir que el abuelo Juan llegó esa noche a su casa con una turca, que para poder acostarlo hubo que buscar a Aquel para que ayudara. El pobre abuelo Juan no se levantó en tres días padeciendo severos dolores de cabeza y vómitos. **¡No te lo dije minga!**

Amarillo fue el color del traje que usé para la boda de la tía Carmen y el soldado Víctor. Amarillo el encaje, amarillo el cinturón que cerraba mi cintura en la espalda, amarilla la cinta que recorrió mis rizos, un amarillo tan delicado como el color de la piel de mis tías.

A Pilar le gusta admirar a su hija convertida en niña grande, joven niña, niña con tetitas, joven con cara de niña. Niña pues.

Pilar se encargó del traje de novia. Una de las fotos de la boda es aquella en que se encuentra la novia sentada en una banqueta de ésas que son complementos a las coquetas con espejo. El espejo refleja la espalda de la novia, un jarrón con margaritas, lirios de cala, velo de ángel y a la derecha Pilar sobria y elegante en traje de organza lila, deposita sobre la cabeza de la novia la corona y el velo. Ésta se encargó personalmente de que el velo fuera uno que arrastrara su cola por toda la nave. Se aseguró que el ramo de novias fuera de lirios calas y cintas que colgaran hasta el ruedo del traje, ya que consideraba éstos más elegantes. Ahora Pilar y la novia mirando el lente fotográfico. Pilar con su piel luminosa y sus ojos conformes. El lente recoge el resto de las mujeres de la familia. Con sus mantillas se cubren la cabeza, para evitar que el templo se llene de demonios.

22

TRES MESES DESPUÉS de la boda, el soldado Víctor partió a la guerra en el barco Big Fighter. Era enero y la luz del sol caía transparente a la orilla del mar. Fue febrero y la casa de los abuelos se inundó de regalos para la tía Carmen. Se recibió tela de hilo de Panamá y tabaco de Guatemala, manteles tejidos a mano por las Indias de Oaxaca y accesorios de plata diseñados por artesanos de Honduras. El Big Fighter atracó en los puertos de Hawaii y Japón y la casa se convirtió en un escaparate oriental con sus kimonos, lámparas de papel, biombos orientales y seda, seda cruda, seda pintada a mano con bordados de dragones en rojo y dorado y la tía Carmen se convirtió en la envidia del barrio.

-¿La ves pasar? Se cree chusi.

-Cállate que te pué oir.

-Que me oiga, yo no le tengo miedo.

Pero después de seis meses de ausencia las cartas y los regalos del marido de la tía Carmen comenzaron a escasear. Todas las tardes, la tía esperaba al cartero sentada en el balcón, cual

Cucarachita Martina y preguntaba una y otra vez por la correspondencia de su marido. Pilar acostumbrada a las ausencias del suyo, decidió dedicar tiempo a la tía Carmen.

Aquí reproducimos el diálogo entre ambas. También reproducimos la ambientación. Para aquel tiempo las radionovelas andaban de moda. Puedo asegurar que el diálogo a continuación podía confundirse con cualquier telenovela de hoy día, pero aseguro que es un diálogo entre mi madre y una de mis tías.

La escena tiene lugar en una sala con sofá de rattan y cojines de diseños de selvas tropicales brillantes. Un florero con flores plásticas depositado en la mesa de comedor, también de rattan y con tope de cristal.

Pilar:-¿Cuál es el problema con la correspondencia de Víctor? (*Ha dicho Pilar mientras acomoda los cojines.)*

Carmen:-No lo sé y me muero de la angustia. *(El detalle del escote del traje de Carmen es uno que llama la atención. El personaje lo sabe y hace resaltar esa parte de su cuerpo aupando su pecho.)*

Pilar:-Tienes que tomar las cosas con calma. Con estos hombrecitos isleños no se puede perder la chaveta. *(Ahora Pilar acaricia sus pestañas con el dedo pulgar derecho.)*

Carmen:-Pero temo por él.

Pilar:-Eso del amor es un ensueño o un milagro, y en ninguno de los dos ya yo creo. *(Pilar se inspecciona las uñas.)*

Carmen:-¿Cómo puedes hablar de esa forma?

Pilar:-La experiencia ya te dirá qué hacer. Por lo pronto, ni tan siquiera pienses que has enviudado porque yo creo que hay Víctor para largo. No es tan estúpido como para morir en una porquería de guerra. Serénate y dedícate a esperarlo.

Carmen:-¿Tú crees que deba visitar a las Viejas?

Pilar:-Las Viejas no manejan guerras. La guerra es cosa de hombres.

Carmen:-Entonces buscaré un santero. Esa gente si que no come cuento.

Pilar:-Tampoco te pueden ayudar.

Carmen:Te desconozco Pilar. ¿Qué te ha pasado en todos estos años?

Pilar:-Casarme con tu hermano.

Carmen:- ...es que no te puedes quejar, tienes todo tipo de comodidades, vistes de las mejores tiendas y tu hija está divina.

Esa noche, luego de su ritual de cósmeticos, cremas y lociones limpiadoras, Pilar se tomó un barbitúrico y soñó con un esposo ciego enterrado en la cueva más honda del litoral norte. Un Aparecido transparente de cuerpo, pero sólido de sentimientos la sacó de la cama, la empujó hasta el Plymouth negro empotrado en el patio y le estrujó los sentimientos sin tocarla, abrazándola hasta en la forma del coño de su cuerpo. Un Aparecido entró en los sueños de la tía Carmen. Un Aparecido con una cara multicolor y ojos brillantes vestido de blanco le ofreció consejos en nombre de Eleguá. A Eleguá se le brinda chivo, jutía, gallo, pollo y también se le ofrece jicotea, persígnate tres veces y cántale la "Oración a las siete potencias africanas" en luna llena. La tía Carmen se le acerca y le toca su cota transparente. Un Aparecido entró y salió del Plymouth y se asomó a mi ventana para vigilar mi sueño. Tan pronto él llegó a mi ventana, un grupo de pequeñas avecitas se adueñó de la habitación, agitando sus brazos que no son brazos y ya yo no sabía si lloraba por los espíritus, por el Aparecido o por Pilar y Felipe que no podían hacer caso de mi llanto.

A partir de esa noche y por setenta y cuatro días la tía Carmen ofreció chivos, gallos y pollos en sacrificio a Eleguá. El abuelo Cristóbal le conseguía las mejores presas que eran depositadas junto a las velas y santos en un altar improvisado en la cocina. En cada luna llena le cantaba la "Oración a las siete potencias africanas" que comienza: "¡Oh Siete Potencias que estás alrededor del Santo entre los Santos! Humildemente me arrodillo ante ustedes-cuadro milagroso para implorar que me devuelvan a mi marido. Padre amoroso que protejes a toda la creación, animada e inanimada te pido en nombre del Sacratísimo y Dulce Nombre de Jesús, que accedas a mi petición. Que me escuchen, Changó, Ochún, Yemayá, Obatalá, Ogún, Orula y sobre todo Eleguá. Devuélvanme a mi marido. Amén."

Y se le dio el milagro. Una mañana el cartero trajo la tan ansiada carta. La tía Carmen, temerosa, le entregó la carta a Pilar que leyó despacio cada frase, cada palabra, mientras se hacía aire con su abanico de varillaje negro. Fue tal la impresión que le dejó a Pilar esa carta que esa noche soñó con la guerra y sus montañas de esqueletos desparramados en medio del campo, soñó con Víctor restregando su cuerpo al de la tía Carmen y desde ese día comprendió lo complejo del secreto de la infidelidad. Un secreto que como todo buen secreto mantuvo escondido aún de sí misma.

[s.f.]

Querida Carmen:

Fui herido por una bala. Repentinamente me sentí raro. Me parecía tener tu rostro muy cerca al mío. Sentí desfallecer y recuerdo que un camarada me desató el cinturón. Supongo que debí quedar momentáneamente inconsciente. Creo que permanecí así varias horas, porque cuando desperté las estrellas brillaban en el cielo. Había una extraña quietud en todo mi alrededor y tu rostro estaba cerca. Extendí la mano y toqué a un camarada, lo llamé y no me respondió. Caí extenuado. Luego supe lo que había sucedido. La pelea había cesado y fui dejado entre los muertos, con otros de mis camaradas que habían caído para no levantarse más. El temor a la muerte me invadió. No supe más de mí. Cuando desperté estaba en el hospital donde me han tratado muy bien. Te escribo con el corazón.

Pienso en tí de noche y de día. Tu aroma me apasiona y a pesar de tanta desolación necesito restregarme en tu cuerpo. En medio de este hospital te imagino de frente a mí, desnuda.

Tuyo para siempre,

Víctor

23

DESPUÉS DE LA GUERRA los pocos hombres vivos regresaron a la isla. Víctor regresó en una navidad refrescante y la familia lo recibió con una gran fiesta. La cocina era un hervidero de ollas y platos llenos de arroz con gandures, patitas de cerdo, gandinga, carey encebollao, jueyes guisao y langosta hervida. El abuelo Cristóbal trajo el mejor ron cañita de la temporada y la abuela María preparó un vino de piña con pitorro. La tía Minerva tiraba al aire serpentinas de colores y prendía estrellitas que estallaban de luz. La casa estaba llena de invitados y Cecilia y Fernando repartían los platos con comida y Felipe servía los tragos. A Víctor se le vio conversando con Pilar, se les vio juntos en la puerta del baño, camino al patio y debajo del árbol de caoba.

Esa noche Pilar se sentó en su coqueta y tomó el cepillo de pelo. Despacio cepilló cada hebra de pelo, desde la cabeza hasta la punta. Cepilló con cautela hasta que el sonido del cepillo contra el cráneo se convirtió en el único sonido en la habitación. Ya Pilar se había convertido en una más que espiaba a los hombres y los vigilaba con el frenesí de una rival enloquecida, pero con el mismo sigilo con que el gobierno espiaba a los habitantes de aquella isla.

Unos días más tarde se vio con Víctor en un motel de frente al mar en la carretera de Loíza. Una habitación llena de espejos, una cama incómoda con un mattress de segunda, unas sábanas de algodón barato, un baño sin losetas y el piso crudo de cemento armado. A Pilar poco le importarían estos detalles y se arrojó a aquel hombre como nunca antes lo había hecho con Felipe. Lucharon apasionadamente, hasta quedar sudorosos y resplandecientes de felicidad. Ese día la música de las olas, la brisa del mar y la paleta de colores turquesa del océano se espetó en el centro del pecho de mi madre.

A partir de aquel día los amantes se vieron un sinnúmero de veces. Cogían carretera arriba hasta llegar hasta el pastizal de la cordillera, donde paraban en todos los moteles del vecindario para rematar en cualquier bar de carretera y con una taza de café o un trago de ron y el humo del cigarrillo pasaban largas horas disfrutando el paisaje verde de la altura. En otras ocasiones recorrían los caminos de la costa y se daban un baño de mar en donde se estrujaban las entretelas o se allegaban a una casita rústica propiedad de un compañero de Víctor. La propiedad bordeaba un terreno con un cultivo de cocos de frente al mar. Era una vivienda de veraneo sin lujos con dos colchones tirados en el piso y unas cuantas sillas. La nevera siempre estaba vacía y Pilar se encargaba de llenarla de agua, cerveza y ron que el amigo de Víctor agradecía. Por varios meses se mantuvo la pareja acurrucados en el auto carretera arriba, carretera abajo sin que nadie en la familia sospechase.

Un año más tarde, el soldado Víctor informó a la familia que saldría nuevamente a Panamá, pero esta vez se llevaría a su mujer. Vivirían en Fort Clayton, en la zona del Canal.

-¿Qué vas a hacer allá, si ya cumpliste con el ejército?, preguntó el abuelo Juan.

-Voy a trabajar con el servicio de inteligencia del ejército.

-Estoy impresionado, respondió Felipe mientras le acariciaba el cuello a Pilar. Mi madre escuchó la noticia y se quedó mirando hacia el horizonte y se topó con el barrendero limpiando las alcantarillas de la calle Santa Cecilia, un gato enjuto dormía debajo de un árbol, y el loco del barrio se bajaba los calzones delante de un transeúnte. La vista quedó fija hasta que ya no vio la calle, ni sus casas, el tránsito y los vecinos. Una voz de adentro le preguntó ¿Pilar que andas haciendo?

Desde la bahía de Cataño, en el muelle número uno de la base naval, la tía Carmen y el soldado Víctor partieron en el Big Fighter. En Guantánamo se detuvieron por siete horas ya que el barco necesitaba abastecerse de equipo tecnológico y la pareja decidió bajar a tierra para almozar en el Officer's Club. Allí se atracaron un cocido de jueyes y langostas frescas mientras escuchaban una Big Band que tocaba mambo qué rico el mambo, mambo qué rico es, es, es. Cuatro días más tarde se vio la costa del Canal y en menos de doce horas estaban establecidos en Fort Clayton, un campo de casas de madera lleno de árboles de jacarandas y cedro.

La casa era ancha, rodeada de corredores y pasillos y sus techos eran altos y arqueados. El único problema era que la casa era compartida con una muchedumbre de murciélagos que de día permanecían como motas negras pegadas a los arcos del techo del balcón y de noche partían al valle. Una mulata limpiaba diariamente los arcos del techo con las hojas del árbol de cedro atadas a una vara y con la esperanza de que los diablillos no regresaran; pero apenas daba el primer claro de luz los murciélagos enfilaban hacia aquella casa.

Además de la mulata, una india cocinaba plátanos y bacalao tres veces por semana, ya que el resto de los días la pareja iba al Officer's Club donde disfrutaban de una cena-baile. Las orquestas que llegaban de Cuba tocaban su son y Sylvia de Grasse cantaba Panameña, panameña, panameña vida mía, mientras las parejas norteamericanas brincaban sin ton ni son moviendo sus cuerpos con un temblor típico de un epiléptico. Una noche, en especial, una de las esposas de los oficiales miraba atenta el culo del soldado Víctor, pero también lo hacía la secretaria general de la cámara de diputados y la esposa del pitcher de béisbol más importante del país, que jugaba en México en ese entonces.

El adiestramiento en la escuela de inteligencia fue riguroso, más de la mitad de los aspirantes quedaron eliminados. Para colmo tuvo que pasar por todo tipo de evaluaciones e interrogatorios, pero su audacia fue probada una y otra vez. A los siete meses Víctor entraba y salía del Palacio del Presidente con entera confianza. Al año, ya Víctor era amigo de diputados y funcionarios y comenzó a hacer viajes a las provincias de Bocas del Toro, Chiriquí, Coclé, Colón, San Blás, Panamá, Darién, Herrera, los Santos y Veraguas. Por los bares de Colón se le veía de copas con miembros de la Asamblea Nacional y altos funcionarios gubernamentales, mientras éstos lo ponían al tanto sobre las facilidades de exportación agrícola y de maquinaria. Su labor era precisamente socializar y observar a las altas esferas. La tía Carmen no salía de su asombro, cada dos días debía engalanarse con los mejores vestidos y asistir junto a su marido a los cumpleaños, bautismos, fiestas y recepciones de la alta sociedad panameña. Asistir, además, a las recepciones de embajadas. La pareja regresaba extenuada. El soldado Víctor entonces debía pasar largas horas de la noche y parte de la madrugada en la mesa de comedor con lápices, compasses y reglas, escribiendo informes y dibujando los salones que había visitado; ya que hacer planos de las instalaciones del gobierno y la propiedad militar nacional era su tarea. Las fiestas, cumpleaños y recepciones constituían la excusa.

Por esos años la tía Carmen tuvo dos niños, mientras aprendía a comer escabeche de patitas de cerdo con pepinillo y papas de la cosecha del volcán Barú. Ya para su segundo hijo aprovechó la ocasión para cortarse las trompas, ya que el método era uno sencillo y media humanidad lo estaba llevando a cabo. Con dos hijos es más que suficiente, se dijo. Mas la felicidad no es eterna mis queridos lectores. Un día de mayo, la tía Carmen tuvo su primer ataque de asma, gracias a la mierda de los murciélagos, que hacía estrago en el techo de la casa, entonces su doctor recomendó unos días en el Military Hospital mientras la Military Police fumigaba la casa. La mulata se encargó de los niños, la india continuó cocinando plátanos con bacalao en un fogón improvisado, mientras el marido de la tía Carmen mantenía su rutina de recepciones y bailes. Una mañana la mulata y la india llegaron al Military Hospital con muy mal semblante. La mulata procedió a tomar la palabra:

-El señor de la casa, su marido de usted anda detrás del culo de una gringa, o será que la gringa anda detrás del culo de su marido. Yo los vi con estos ojos. Estaba yo limpiando el desorden que dejaron los niños en la habitación del fondo, cuando esa señora llegó a la casa, preguntó por su marido y se sentó en la sala de frente a su cuarto suyo. Su maridito de usted estaba en la habitación de su merced, abrió la puerta y se quitó la ropa para que la gringa pudiera verlo desnudo, fue cuando vi a esa señora sonreír.

La tía Carmen lloró tanta agua salina que fácilmente se pudo haber llenado una de las compuertas del Canal con sus lágrimas y cuando salió del sanatorio les pagó muy bien a esas buenas mujeres por sus servicios, mientras planificaba un ajuste de cuentas con su marido. Pues bien, una mañana que el marido de la tía Carmen salió de viaje a provincias, ésta dejó los niños con la mulata y salió a casa del Comandante del Fuerte. En la soledad de la oficina, la tía Carmen le dijo:

-Mi marido se acuesta con su mujer. A eso he venido, a que me ayude a enderezar a estos dos. No quiero que haya una corte marcial, ni a usted ni a mí nos conviene. En cuanto a mi marido quiero que interceda para que lo envíen al próximo frente de batalla. Yo esperaré lo que quede de él en este Fuerte, si regresa. Usted ya sabrá qué hacer con su mujer.

La tía Carmen salió de la oficina del Comandante. El sol del mediodía quemaba la carretera. Las jacarandás se erguían estoicas creando una sombra en donde un grupo de indios vendía sus tejidos y cacerolas en la entrada de la base. Era la ocasión del día en que los caimanes de la laguna cercana salían a dormir la siesta. Un blues que cantaba un soldado norteamericano la despertó del letargo: Georgina tell me when are you going to be mine. La tía Carmen se volteó y caminó hacia donde estaba aquel hombre.

24

-¿QUIÉN QUIERE MÁS CAFÉ?, preguntó Minerva.

-Pide un servicio adicional, porque les tengo un anuncio, murmuró Cecilia.

-¡Mozo, deme cuatro tacitas con leche!, le gritó Minerva a un hombre rollizo y cincuentón uniformado en blanco y negro. ¡Y deme también otra mallorca para la nena!

La cafeteria El Nilo, como siempre, era un panal de gente. El ruido de las sillas y las tazas de los clientes, las bandejas de aluminio de los mozos chocando unas con otras y el silbido continuo de la cafetera expresso, decorada con figuras en bronce de ángeles colgados en hojas de parra, era uno de los lugares preferidos de reunión para los sanjuaneros. El sol a esa hora se sentía como un hilo de oro que despedazaba los vidrios de la puerta, las mesas, las losetas y las paredes del establecimiento. La nena soy yo que no soy ya tan nena, estoy sentada con mis pantalones ajustados capri y mi suéter última moda en medio de Pilar, Minerva, Claudia Luz y Cecilia.

-Ya me imagino lo que tienes que decir, ha dicho Claudia Luz.

-Lo tengo todo preparado para mis estudios en Madrid. Saben que vengo ahorrando con lo que hago en la fábrica de porcelana y espero poder conseguir una beca del gobierno, afirmó Cecilia.

-Pero ya eres una muy buena artista de la porcelona. ¿vas a tirar todo eso por la ventana?, preguntó Minerva, mientras le acariciaba la cabeza a la tía Cecilia.

-Déjala. Ella quiere irse y se irá. Cuéntanos sobre tu trabajo en la fábrica. A lo mejor yo tengo alguna amiga que pueda sustituirte cuando te vayas a España, contestó Claudia Luz.

-Es un trabajo repetitivo y monótono, pero he aprendido a manejar y moldear barro y porcelana, a mezclar pinturas, limpiar pinceles, incendiar el horno, enfriar la cerámica y vigilar porque todas las piezas sean construídas de acuerdo a las especificaciones de la compañía.

-¿Y, estás segura de que vas a estudiar y no a buscar marido?, preguntó Pilar... a mí me parece que los viejos no van a estar de acuerdo.

-Pues tendrán que aceptar porque la decisión ya está tomada.

-Cecilia, no has respondido a mi pregunta, pero Cecilia ya no escuchaba. Entre el ruido de las tazas, y las bocinas de los carros nuevos y viejos en la calle, Cecilia se quedó quieta, callada, tratando de ver allá en el fondo, por la línea de edificios recién construídos, junto a los árboles antiquísimos. Tal vez allí encontraría la respuesta.

Por dos años la tía Cecilia trabajó reuniendo hasta el más mínimo centavo, excepto el dinero de los viernes de parranda. Aprendió a transferir patrones directamente al barro crudo, lavar el papel en cada pieza, diseñar originales para porcelana, organizar las piezas para embarque y preparar las facturas de venta. Los viernes salía junto con sus compañeras de trabajo a la barra de un americano, en la playa del Condado. Lo único que éste vendía era cerveza en botella y ron blanco a quince centavos el trago. Era un batey agradable donde el sol en las mañanas se filtraba por los bejucos del techo y el olor a sal de mar se apoderaba del lugar. Aquel limpiaba las mesas y lavaba los vasos y el Otro baldeaba el batey todas las mañanas. El lugar se llenaba de periodistas gringos que discutían, se acaloraban y corroboraban los datos del día.

-Mami, me voy a estudiar medicina a Madrid. La tía Cecilia le informó a la abuela María.

-¿Por qué no estudias enfermería, como tu hermana Claudia Luz?, vociferó el abuelo Juan desde el cuarto…así puedes quedarte en la isla, sin necesidad de irte sola sabrá Dios a donde. Yo no quiero que una hija mía ande por ese mundo sin la protección nuestra. No me parece buena idea.

-Sabes que mi sueño es estudiar medicina y en esta isla no hay facilidades. Además estaré en Europa. ¡En España! ¡Se imaginan! Pueden venir a visitarme cuando gusten.

-¿Y con qué dinero?

-Ya me las arreglaré, como lo hacen docenas de puertorros todos los años.

Con una hija tan testaruda como las otras, el abuelo Juan, preocupado por los planes de Cecilia, convocó a los espíritus esa misma noche. Ni hablar de volver al Caño, la experiencia de aquella noche lo había dejado sin fuerzas. Y bueno que le hubiese pasado por haber incumplido con los espíritus.

Eusapia Palladino se adentró en una médium, esa noche, que era de lluvia intensa provocada por los hechizos de las Viejas del Caño. Llegó algo mojada sacudiendo agua a los feligreses. Una señora estornudó un par de veces y la abuela María fue a la cocina a buscar algunas toallitas para que la gente se secara.

-Hay un alma en pena que está mezclando caca de murciélagos pa' que esa niña se vaya. Es más de un alma, porque hay otra que la tiene crucificá con zarzas pa' que ningún hombre se le pegue, y existe otra que le echa jabón en los ojos pa' que ella no vea a su alrededor. Esto parece trabajo de brujería.

-¿Qué se puede hacer? , preguntó el abuelo Juan desesperado.

-Nada, respondió Eusapia Palladino.

-¿Cómo que nada, y para qué sirven ustedes?

El abuelo Juan le pidió un té de tilo a la abuela María. Se tomó el té y el próximo día partió rumbo a la oficina de Felipe.

-Papi, te estás preocupando demasiado por Cecilia, afirmó Felipe.

-Me preocupo porque los espíritus no ven con buenos ojos ese viaje.

-Sabes que las opiniones de los espíritus a mí me tienen sin cuidado; además ustedes tienen que modernizarse, hay que explorar nuevas posibilidades. ¿Qué tiene de malo que mi hermana quiera irse a estudiar fuera de la isla, como tantos otros puertorriqueños? Hay que salir de esta provincia y por el dinero no se preocupen. Yo me encargo.

El abuelo Juan, con resignación, tomó la decisión de apoyar a su hija, que quiere irse a estudiar medicina a España; pero por si acaso Pilar y Claudia Luz decidieron tomar cartas en el asunto y una mañana temprano se fueron al Caño a conversar con las Viejas. Ese día las encontraron en la boca del puente que colinda con el mar. Habían pasado la noche bañándose en la lluvia porque es buena pa' los resfríos. Pilar y Claudia Luz tenían mucha fe en esas Viejas. Pilar de inmediato las puso al tanto.

-Los demonios no tienen lengua ni pulmones, no tienen dientes ni labios, pero se pueden comunicar de muchas formas. Esto me parece labol del Aparecido. Ese lo que anda buscando es una mujel que no se entregue a naide y llegado el momento él pueda tomala. El Aparecido ya encontró a su mujel y no impolta a dónde ella se vaya, él irá. Que se le dé de comer guevos de gallos, mezclaos con las habichuelas. Ella comenzará a pensal en lo de aquí y dejará ese asuntillo de dilse. Porque de dilse dilse se pué dil, pero las cosas no están pa' viajes.

Pilar y Claudia Luz analizaron la receta y decidieron que los guevos de gallos podían matar a la tía Cecilia de indigestión; mientras tanto, los preparativos del viaje iban viento en popa. Felipe encargó a Pilar para que se hiciera cargo de todo. Pilar separó un boleto de ida, Nueva York-Madrid por Trans World Airlines. Preparó una maleta con alguna ropa de invierno, que logró encontrar en los almacenes de la calle San Francisco. Todavía con dudas por ese viaje, tomó la maleta, se montó en el Plymouth y me recogió en la escuela. De allí nos fuimos para el ranchón de las Viejas:

-El Aparecido lo a lograo. Esa e su mujel y naide va a intelferil. Se la llevará lejos pa' que los espíritus de esa casa no la toquen. Lo más que podemos jasé es dale algún amuleto.

-Es por eso que he traído la ropa que se va a llevar, a ver si podemos ponerle algún encantamiento.

-Lo bueno sería un encantamiento pa' el Aparecido. Dicen que vuela a medianoche y sus entrañas entran y salen por la gente que duelme con la boca jabierta. Entonces se le mete a las mujeres pol dentro, besándole las paltes más oscuras. La mujel se siente cómoda y camina con él pa' tos laos. Dicen que cuando la mujel duelme, el Aparecido la pone a gozal y a ella le sigue gustando.

-Sugiero que le pongamos un hechizo en la ropa y el otro en el cuerpo, dijo Pilar.

-Una santa cruz de hueso de perro, pa' que proteja su ropa.

Póngale una cruz dentro de la maleta. Que se guinde un rosario de camándulas de toro y un escapulario verde. Así, el Aparecido no podrá metélsele y viajal con ella.

La tía Cecilia llegó a Nueva York con un rosario de camándulas de toro colgando del cuello y con una lista de hospedajes para señoritas que el Proyecto OZ le facilitó. Se quedó unos días con las tías abuelas y éstas aprovecharon una noche y le quitaron el rosario de camándulas del cuello:

-It's not fashionable...declararon y sorprendieron a su invitada con un ajuar de ropa Channel que consiguieron en una venta de ropa usada de una judía rica. Abrieron la maleta de la invitada para acomodar el ajuar y encontraron una cruz de hueso de perro y un escapulario verde con la Oración de la Mano Poderosa.

-Niña, esto no se usa en Madrid. Tienes que acostumbrarte al tono y estilo de aquella ciudad.

25

UNA NOCHE DE BRUMA, Cecilia llegó a Madrid cansada y soñolienta. Vestía un traje Channel sastre en dos piezas en lana color verde con zapatos que hacen juego. Las tías abuelas prepararon un envase caliente con un té de cannabis para que la tía Cecilia no padeciera de naúseas en el vuelo, pero ya sabemos que el cannabis puede producir cansancio y mucho sueño, así que una vez en Madrid la tía Cecilia, apenas pudo con el sopor. Con mucho trabajo sacó de su cartera un papel con los nombres de dos hospederías para señoritas, tomó un taxi y llegó a la primera hospedería. Una mujer gorda con un fuerte olor a ajo y un delantal sucio le enseñó las habitaciones. La tía Cecilia de puro cansancio y sueño escogió la primera habitación que vio. No estaba mal. Un cuarto con un empapelado en flores, una cama de pilares, una estantería de libros y un lavamanos. El baño estaba al final del pasillo. La tía Cecilia tiró las maletas, despidió a la gorda y se tiró en aquella cama con todo vestido Channel, en donde permaneció durmiendo por tres días. Por tres días la gorda se paró frente a su puerta mientras voceaba:

-¡Mujer!, pero ¿estazzz viva?

Esos tres días la tía Cecilia soñó con un Aparecido que vuela a medianoche y sus entrañas entran y salen por la gente que duerme con la boca abierta. Entonces se le mete a las mujeres por dentro, besándole las partes más oscuras. La mujer se siente cómoda y le sigue gustando.

Al tercer día despertó, se dio una ducha larga y la gorda gritó: ¡Mujer!, ¡pa' que tanto baño!

En la Facultad de Medicina de la madrileña ciudad, la tía Cecilia se sostuvo por dos años con sus ahorros y el dinero que Felipe enviaba. De tarde en tarde, cada vez que tenía algún tiempo libre, salía a curiosear la ciudad. **¡Viva España!, ¡Viva el Ejército! ¡Viva Franco!** eran los únicos letreros que veía por toda aquella ciudad de calles enrevesadas, pensiones antiguas, mesones, terrazas, bares y cafés. La tía Cecilia se convirtió en una transhumante más de ciudad que con su ajuar Channel se paseaba por museos, librerías de viejos, plazas, quioscos, cafés decorados al estilo de la 'belle epoque' terrazas y bares. Una de esas tardes se le acercó un hombre con unos ojos intensos y un pelo inundado en brillantina. Ese primer encuentro produjo citas en los parques y los bares de Madrid. Luego se les vio caminando de la mano por el manojo de callecitas bifurcadas de las hospedajes estudiantiles. Decidieron compartir su dicha por tierras cercanas y viajaron a Toledo, amándose en los rinconcitos de piedra del anfiteatro romano de Covachuelas. En Segovia pasaron tardes embelesados con el paisaje de sus castillos y el aire puro del lugar. En San Lorenzo del Escorial, esa masa de granito, recorrieron de la mano y en silencio sus pasillos. Por meses la noche los sorprendió en el medio de cualquier plaza, debiéndose quedar en alguna oscura hospedería de pueblo que mi tía siempre saldaba con sus ahorros. Poco tiempo después la pareja decidió vivir juntos en el cuartito de la tía Cecilia, con el dinero que Felipe continuaba enviándole a su hermana Cecilia estudiando medicina en España. Al sexto mes el hombre le propuso matrimonio:

-Yo necesito terminar de estudiar... ¿Y de qué viviríamos?

-Qué dizezzzz. Mi familia tiene propiedadezz y yo vivo de rentazzzz, para dezir aún mázz, yo adminizztro ezaz propiedadezzzz.

Aunque parezca raro, la tía Cecilia quedó convencida de su hombre con pelo engomado y luego de corroborar que sus documentos estuviesen en orden, se casaron en una de las tantas parroquias del centro de Madrid:

-Ya zabez. Cazada eztáz, hija mía. Ya jamáz te opondráz a tu marido, ni lo contrariaráz, ni te enfrentaráz. Permanezeráz callada y con la cabeza baja, zederáz a lo que zea, ante lo que zea. Que la mujer fue hecha para zoportar loz golpez, laz rabiaz y laz muzarañaz del marido, pronunció el cura.

Al salir de la iglesia un pregonero, desde el balcón de la casa de la Panadería en la Plaza Mayor, declamaba el Pregón de San Isidro. La tía Cecilia en su dicha desenfrenada y con su marido al lado, miró al cielo azul de aquel caserío y comprendió porqué de Madrid al cielo y algún agujerito para verlo. La voz estridente del pregonero chillaba: "Madrileños de nación, de vocación y de adopción; forasteros, extranjeros, paletos y transeúntes: ¡Viva Madrid, que es y debe ser el pueblo de todos, y viva San Isidro Labrador, patrono de zánganos contemplativos y celestial capataz de ángeles jornaleros a destajo! ¡Viva mi dueño!, decía la tersa tripa del panadero y también la hoja de la estremecedora navaja cabritera que sirve para cortar el chorizo del almuerzo...", etcétera, etcétera.

26

[SANA, SANA, culito de rana, si no sanas hoy, sanarás mañana.] Un día de febrero de madrugada, dos turistas de Denver disfrutaban de una caminata en la playa. Cuando llegaron al peñón de las rocas, el hombre y su amiga se sentaron en la arena mojada por las olas. El océano batía su oleaje contra la orilla del peñón, el olor a sal era agudo y los pelícanos volaban furiosos sobre el oleaje. Les tomó unos segundos enfocar la vista en la lejanía.

-Probably, it is a big fish.

-I don't think so.

Un bulto se acercaba a la orilla y la pareja se levantó, se limpió la arena de las rodillas y caminó hasta el bulto. Así fue cómo descubrieron ese cadáver flotando en la orilla. Caminaron hasta que pudieron alcanzar el cuello y arrastraron el cuerpo hasta la arena seca. Aquella playa estaba rodeada por unas cuantas casas de verano, abandonadas por sus dueños en el último huracán. La gente se había aprovechado de la ida de los dueños, arrancando de cuajo ventanas, puertas, anaqueles y armarios. Lo que quedaba eran simples cascos de cemento que olían a orín viejo y carne de mar podrida. Allá fue la pareja de turistas a refugiarse ante la oleada de policías, comisarios, agentes y periodistas.

Todo el mundo despertó ese día ante un sol radiante y un cielo despejado. Pilar se asomó a la cocina en donde Felipe preparaba unos huevos fritos con tocineta y pan criollo, abrió la puerta de la terraza y respiró el aire de la mañana. Unas láminas de cristal que decoraban el techo de la terraza chocaban al vaivén del viento. Cada mañana, Pilar caminaba por la orilla del mar y media hora más tarde ya estaba dando su recorrido por esa costa. A lo lejos se divisaba una mancha oscura en el cielo. Un torrente de agua se aproximaba. Dos gaviotas gordas y viejas sobrevolaban el litoral. Pilar alzó la vista y se percató de la conmoción.

-¿Qué sucede?

-Un cuerpo fue encontrado. Un ahogao. Vaya usted a saber.

Era mediodía cuando Pilar regresó a su casa. Había parado en el colmado, la farmacia y la panadería y al llegar vio a Minerva sentada en las escaleras de la puerta principal. Tan pronto Minerva vio a Pilar se precipitó hacia ella y la abrazó con fuerza.

-Te traigo malas noticias.

-¿Quién murió?

-Cecilia está muerta. Aquel españolito de mierda. La acuchilleó. ¡Miserable! Las tías abuelas llegan con su cadáver esta tarde, Felipe y Fernando ya partieron al aeropuerto a recibir el cadáver.

-Me imaginé que algo terrible pasaría. Hoy me encontré con un cadáver en la playa y eso es de mal aguero.

La madera del ataúd que guardaba los restos de la tía Cecilia era del más fino almendro blanco. Más que un cadáver, el ataúd daba la impresión de contener un tesoro de diamantes y perlas que se depositó en la sala de los abuelos. Las tías abuelas impartieron instrucciones de juntar las hojas de las ventanas y prohibieron las conversaciones en tono alto. Los abuelos no lloraban, se apretaban y se consolaban calladamente, en un murmullo continuo, para no despertar a la tía Cecilia del sueño de los muertos. Minerva y Fernando se agarraban las manos y Claudia Luz, y Felipe se consolaban en algún rincón, como podían.

Pilar daba vueltas alrededor del ataúd, tratando de entender la historia que corría de voz en voz, mientras intentaba reconocer a la tía Cecilia, con su pelo negro, y su piel grisácea, demasiado gris para nuestro sol tropical. Pilar intentó reconstruir la historia una y otra vez como pieza incompleta de rompecabezas, sin comprender cómo esa bestia humana pudo acuchillar a mi tía Cecilia diecisiete veces. Pilar quiso encerrarse en una cueva de lobos y correr a gritos junto a ellos, quiso buscar un bosque alto en medio de una noche cualquiera y llorar la pérdida de mi tía Cecilia, quiso encontrar respuestas para una muerte tan descabellada y quiso saber más sobre su verdugo y ejecutor.

-Dime Felipe, ¿se sabe algo del marido?

-Sí. Me comuniqué con la policía de Madrid. Ya lo agarraron y lo sentenciarán al garrote, como en los viejos tiempos.

-Procura que así sea.

-No te preocupes, mientras se sentaba en el piso acomodando su cabeza en la falda de su mujer, y sin decir más lloró como nunca lo había hecho. La tristeza que se vivió en esos días en casa de los abuelos, flotó por los aires como un globo herido de aire contaminado. El dolor en los ojos ardía como un hacha mohosa en el medio del pecho, pero lo peor fue que las mujeres de aquella familia descubrieron el horror, ese calabozo frío lleno de escorpiones. Por mucho tiempo no hubo oración de consuelo, espíritu elevado o ninfa con olor a rosas que pudiera elevar el ánimo de mi familia, a excepción del té de cannabis que las tías abuelas preparaban. Como parte de su artes sanadoras, las tías abuelas decidieron echarle un poquito de cannabis a las habichuelas que se guisaban todos los días. Tenían mucha fe en la capacidad sanadora de esta planta. También mezclaban las semillas de la planta con el azúcar que le echaban al café cada mañana. De esta forma, la familia pudo descansar del terror y la agonía del dolor, sin que las brujas oscuras de la muerte acecharan aquella casa.

Unos días después del entierro, nos dedicamos a limpiar el panteón familiar. Allá lo encontramos, en medio de la yerba seca y los morivivís, entre una cueva de ciempiés y un charco de fango. Este y Aquel restregaron el pequeño muro incoloro con cepillo y la lápida de bronce fue dibujándose a puro cepillazo. Al paso de los años, lo único que recuerdo es la tenue luz de la lámpara y el opulento ataúd. Ya no me acuerdo del color del cabello de mi tía, pero sí del olor a mar infinito el día que fue enterrada.

Unas Viejas que nadie conocía se asomaron al entierro. Una de ellas tiró una cruz de hueso de perro en la fosa. Nadie las conocía excepto Pilar, Claudia Luz y yo.

-¿Viejas, quiénes son? ¿Qué hacen aquí? ¿Qué fue lo que tiraron al barranco de la tumba?, vociferó Minerva.

-Son las brujas del Caño. Las que preparan muñecos y los echan al Caño dentro de una caja de madera. Las que escarban el cementerio en busca de huesos de muertos, mechones de pelo, dientes antiguos, uñas o un pedazo de mortaja. Las que muelen los huesos de la cabeza y los pelos de la crin y del rabo de los caballos. Las que envuelven en hojas de plátano los susurros de los enamorados. Las que echan fufús en las vigas de las casas, en los balcones, o en las escaleras para que la cimiente de tu vida se desparrame, contestó Aquel.

27

CUANDO LOS METEREÓLOGOS anunciaron tormenta, Felipe viajaba por Centro América. No era la primera vez que Pilar pasaba una tormenta sin Felipe en aquella casa. En el último fenómeno metereológico, el viento acuchilleó las ventanas y los cristales hasta colarse dentro de nuestra casa. Recuerdo el quejido de las lámparas del techo. Los cuadros daban golpetazos contra la pared y los adornos de las mesas estallaron en el piso. Yo me mantuve rígida y apretujada en mi cuarto. Las luces desaparecieron y como las ventanas permanecían cerradas estuvimos a oscuras toda la noche.

Los huracanes se forman en aguas tibias en pleno ecuador. Cuando el sol cae de plano sobre esas tierras y mares, cada centímetro del planeta se calienta en la misma proporción. El mar hierve y evapora grandes cantidades de agua que producen una gran bomba de energía. Los vientos, arenas y polvos del Sahara empujan el vapor produciendo un remolino, una espiral que gira y gira como la cabeza de Pilar. El ojo de la tormenta se forma y es cuando las aves y los humanos quedan presos en esa jaula transparente.

Ese huracán trajo tanta lluvia, que el suelo se saturó y los valles recibieron todas las tierras de los montes. Los animales capturados en el lodo terminaron estrellándose contra los peñones en los montes. Las vacas, caballos, perros y puercos morían ahogados, con sus vejigas hinchadas. El huracán cubrió la isla entera con todos sus mares y todo se tornó gris uniforme.

Me asomo al pasillo y veo los pies de Pilar. Camina de un lado para otro con una linterna. La luz provoca grandes sombras chinescas. Sus pies se agigantan. Pilar va de cuarto en cuarto revisando las ventanas. A veces se asoma por el cristal de la puerta de la terraza. El viento sopla tan fuerte que las palmas de coco parecen escobillones viejos y el resto de los árboles se inclinan hacia donde sopla el viento.

-¿Estás bien? Pilar ha entrado a mi cuarto, me ha preguntado cómo estoy.

-Si, estoy bien, no te preocupes por mí. Pilar se tomó su pastilla y se acostó con todo y ropa de calle. Yo me acurruqué en mi cama y me cubrí con las sábanas. Esa noche tuvimos una visita. El Aparecido nos visitó. La linterna de Pilar lo trajo de cuerpo entero. Se podía ver su figura en transparente observando los movimientos de Pilar. ¿A qué vendría?, pero no pude encontrar respuestas, porque el miedo que sentí esa noche me dejó sin cerebro. Quise gritarle a Pilar cuídate mami, pero mi madre no se dio por enterada. El Aparecido le siguió los pasos por toda la oscuridad. Ella se sobrecogía de escalofríos, pero se imaginó que eran los vientos que se colaban por las estrías de las ventanas. Yo permanecí muda, quieta, inmóvil, incapaz de movimiento alguno. Por largo rato tampoco sentí a Pilar. No sé cuanto tiempo pasé en la soledad de mi habitación. El viento era ensordecedor. Era tanto el miedo que creí que mi corazón quedaría petrificado. Por varios minutos recobré mi vida, me levanté y caminé hasta el cuarto de Pilar. No la encontré. Busqué por toda la casa, no sé donde andaba. Llamé: "mami, mami."

No la encontré. Entré a su cuarto una vez más y noté en su cama el *Libro de los Médiums*. Lo tomé en mis manos y me acurruqué en la cama. El sueño me llegó de repente, como si alguien me cubriera de una nube de polvos. Al amanecer todo había pasado. El huracán ya andaba por la Hispaniola, cruzaría el norte de Cuba y bajaría hasta Jamaica. Pilar entró a la habitación y me despertó. Un halo de felicidad la inundaba. Inexplicablemente se notaba descansada y relajada.

-¿Qué quieres de desayuno?, me preguntó.

-Avena y jugo, respondí.

Pilar salió de la habitación y yo me acordé del libro. Lo busqué y me encontré con una página marcada. Abrí la página:

"Concíbase que un alma llegada al grado de perfección puede no necesitar sus órganos corporales para manifestar su acción. En efecto, obrando solamente por la voluntad, es evidente que puede prescindir de este organismo. Es lo que ocurre con el magnetismo y en otros muchos casos cada vez que una pasión violenta se manifiesta y obra sobre los asistentes independientemente de la comunicación directa e inmediata. Así por ejemplo, el magnetizador sumerge al sujeto sobre quien opera a gran distancia en el sonambulismo sin haberle tocado siquiera. Hay ahí pues una manifestación independiente de la acción corporal, del tacto físico, de la comunicación material. Y no es inverosímil que el hombre que haya aislado su esencia anímica y la haya purificado suficientemente para hacer sus manifestaciones independientes de las del cuerpo, conserve la facultad de tales manifestaciones después de la destrucción del cuerpo. Pero pocos espíritus son capaces de elevarse al grado de perfección necesaria para llegar a ese fin."

Tres días después me columpiaba con Minerva en lo que quedaba del parque. La mayoría de los columpios fueron arrancados de cuajo y guindaban de los árboles de almendro y tamarindo. Los viejos árboles que bordeaban la zona permanecían en pie con algunas ramas torcidas y rotas. Minerva y yo contemplábamos el maravilloso esplendor del color esmeralda del mar.

-¿Quieres caminar hacia la casa de los animales disecados, titi Minerva? Allá fuimos. Entramos al museo y como siempre no había una sola alma. Los animales rellenos de algodón y fibras naturales nos miraban con ojos vidriosos, inmóviles. Conejos, buhos, tigres de bengala, ciervos, águilas, mariposas sostenidas con alfileres, tiburones y peces espadas conviviendo con sus iguales. Han permanecido en esa misma posición por años. Un olor a carne abombá saturaba el lugar.

-¿Te dió miedo el huracán?

-Un montón, contesté.

-¿Y Pilar no estaba contigo?

-Estuvimos en la sala juntas, pero después cada una se fue a su cuarto. Lo que si sé es que el Aparecido nos visitó esa noche y al día siguiente mi madre recibió la noticia de la muerte de Bella Juncos.

28

NACE LA FAMOSA poetisa Bella Juncos en un solar despoblado del pueblo de Humacao en el momento que su madre caminaba hacia al río a lavar la ropa. La madre pegó un grito y un grupo de vecinas corrió a ayudarla. Son sus padres Julia Santiago y José María Cruz. La infancia de Bella es una típica infancia de vida de campo. Su madre se la lleva al río todas las tardes, específicamente a un charco detrás de aquella casa. Allí aprende a nadar y como pez en el agua se la pasa tarde y noche en aquel pozo o trepada como mono buscando en las ramas de los árboles de mangó que bordean la ribera, hasta que un día la abuela le dijo mija es tiempo ya de que vayas a la escuela. Fue matriculada en varias escuelas públicas del sector Julián Blanco de Fajardo y cuando ya es señorita, se traslada la familia a Río Piedras. Su madre, doña Julia, administra una casa de hospedaje y su padre, don José María, cocina pasteles y dulce de coco para restaurantes y cafeterías.

Ingresa Bella a la Escuela Normal de la Universidad de Puerto Rico y completa un certificado de maestra de costura. Nunca completó un vestido, ya que su tiempo era dedicado a la lectura y la poesía. Durante esa época se le vio en la huelga de los trabajadores de la aguja en Mayagüez en donde discutía con los trabajadores sobre la dialéctica científica, así también estuvo presente en la huelga general de las trabajadoras de la aguja decretada en Ponce. Allí se le vio junto a un grupo de estudiantes universitarios repartiendo propaganda política. Trabaja en Comerío, Adjuntas y Barranquitas como empleada del Departamento de Agricultura en una estación de leche, donde se le daba desayuno a los niños pobres. Se casa y se divorcia todo en menos de un año con Jacinto Diáfano Paredes, ya que éste preña a otra mujer. La gente del barrio veía pasar a la mujer con su criatura al hombro y comentaban: "a la verdad que es la misma cara del padre."

Una vez logra el divorcio, Bella se traslada a San Juan y trabaja de oficinista en la tienda de Mister Gautier, el esposo de la alcaldesa. Es aquí donde conoce a Pilar, quien sería una de sus grandes amigas. Por esos días publica su primer libro. Como en aquellos tiempos no existían manuales de how to publish your own book se tiene que reventar las sienes en una imprenta tratando de entender que va primero si el verso o el reverso, la foto o la introducción. Aprovecha la hora del almuerzo para colocar su libro de poesías por las farmacias y estanterías de periódicos y revistas del viejo San Juan. Los fines de semana toma un carro público y se va a los pueblos a ubicar su libro en los distintos comercios. De noche se le ve con frecuencia en las reuniones de los obreros de la caña y las protestas de los choferes públicos. Además de su fama de nacionalista, ya su fama de vampiresa la persigue y le achacan innumerables romances.

Su poesía es conocida tanto en el exterior como en la isla. Sus fotos salen frecuentemente en las páginas culturales de los periódicos. A lo largo de los años las fotos más populares de la insigne poetisa se popularizan. Veamos: Bella en ocasión de una lectura de sus poemas en el Ateneo. Bella en el Club Cívico Social de Cabo Rojo. Bella detrás de una mesa con varios de sus poemarios publicados. Bella junto a un grupo de intelectuales de la ciudad. Bella montando a caballo en la finca de Alvaro Mujica. Bella leyendo los poemas de Baudelaire ante un público distinguidísimo. Bella visitando a don Pedro en la cárcel. En la foto se le ve tomándole la mano. Besándole los dedos. Estas últimas fotos dan motivo a especulación, sin embargo se embarca hacia La Habana con un intelectual dominicano de visita en la isla. La prensa cubana comenta la cantidad de recitales, actos públicos y cenas sociales en las cuales Bella participa. Allí conoce a Pablo Neruda y el poeta le comenta Bella yo creo que tengo un poema parecido a uno tuyo, aquel que comienza; "Pequeña rosa a veces diminuta y desnuda, cabes en mi mano...", y ella le responde qué curioso don Pablo tan lejos pero tan cerca andamos los poetas. En aquel tiempo, no se sabe cuándo, el famoso poeta Juan Ramón Jiménez comentó en una entrevista, ante la pregunta: "¿Conoce a Bella Juncos?" "Si como no..., la pobre..., tiene versos hermosos." Con esa misma compasión trataba el afamado poeta a su esposa Zenobia, cuando la veía cargando los maletines, papeles, manuscritos y libros de éste. Él la miraba con aquella consternación única del amo hacia el esclavo y decía: "Pobrecita, cómo trabaja." Los rumores de que Bella no anda bien de salud aumentan. ¿Qué le pasa a Bella? Un extenso comunicado de prensa producido por el *Diario La Marina* de La Habana puede que nos dé la respuesta.

> "Bella Juncos, la insigne poetisa, hace una temporada se amancebó con un prominente dominicano, uno de los líderes más destacados del exilio e hijo de una familia de la alta sociedad. Huyendo de la familia del susodicho, tomaron un barco hacia La Habana en donde la pareja se unió a las altas esferas del exilio político dominicano. Bella se matriculó en la Universidad de la Habana y de inmediato llamó la atención entre sus compañeros de aula y en los círculos intelectuales de la ciudad. Aprovechando una ocasión en que su marinovio tuvo que hacer un viaje a Venezuela, la Juncos

se entretuvo atendiendo a otro de los líderes políticos del momento: aquel de ojos claros y mirada serena, siendo vista caminar hacia la plaza de la Catedral una madrugada del brazo de éste. Casualmente el individuo era también dominicano. !Eso del funche parece que promete! De regreso de su viaje, el amante fue enterado del bochinche amoroso, por uno de los camaradas políticos y del tiro Bella fue abandonada en un hotel de segunda, sin un chavo prieto, teniendo ésta que pedir dinero prestado para salir del país. Así fue como unos cuantos amigos la ayudaron a embarcarse para Nueva York. El hecho, no tan solo ha causado commoción dentro de los círculos intelectuales de La Habana, Santo Domingo y San Juan, sino que ha causado que una de las organizaciones políticas en el exilio dominicano más capaces, se haya dividido y todo por un problema de faldas."

¿Muere nuestra afamada poeta en un sanatorio allá en el frío cemento del norte o por el contrario en la esquina de la 103 con Quinta Avenida, no tan fría, pero también en el norte? Se menciona en los círculos literarios que un jovencísimo poeta niuyorican la vio pocos días antes de su muerte. Eran exactamente las doce del mediodía en un día claro de primavera. El niuyorican se comía un hot dog sentado en un banco al lado de dos ancianas que fumaban cannabis y se reían como dos adolescentes. El niuyorican confudió a la insigne poetisa con una vagabunda y las dos ancianas le aseguraron: "No es una vagabunda, es la insigne poetisa puertorriqueña." Bella muere esa misma primavera. Por gestiones de un grupo de amigos es trasladada a la isla. Su entierro será recordado por años. Su cadáver es velado en la Catedral de San Juan por dignatarios e intelectuales que se peleaban por aparecer en la foto oficial. Su gran amiga Pilar fue al velorio acompañada de su esposo Felipe. Mucho se ha especulado sobre la amistad que desde jóvenes ha marcado a estas dos mujeres, pero poco se sabe. Trabajaron juntas en una tienda del Viejo San Juan y se les veía a menudo recorriendo sus callejuelas. Pilar, esposa distinguidísima de un alto ejecutivo de la isla, acudió al velorio en un finísimo corte tropical con la mitad de su espalda por fuera. Su cabellera suelta y sus labios finamente dibujados en rojo depositaron un beso en la frente de la difunta. Los restos de la poetisa reposan en el cementerio de Villa Palmeras en la tumba número 143.

Última carta de Bella a su madre

7 de abril de 1956.

Querida madre:

Aunque usted no lo haya sabido debo confesarle que le he dado bastante a la bebida. Tan es así que los médicos me han diagnosticado cirrosis hepática. Su última carta ha terminado de confrontarme. Estoy enferma, más que del cuerpo, del alma. En su carta me da recetas de pócimas y hierbas de brujas que aquí no voy a encontrar. La vida es una ruleta de oro o un castillo dentro de otro castillo, al estilo de Santa Teresa. Ella dijo en el siglo XVI (aunque yo creo que fue Nawadir quien lo dijo), puso Dios para todo hijo de Adán siete castillos, dentro de los cuales está él y fuera de los cuales está Satanás ladrando como un perro. Cuando el hombre deja que se abra la brecha en uno de esos castillos entra Bercebú. Usted dirá espíritus carentes de razón. Cada castillo está hecho de un metal precioso. El primer castillo es de perla y adentro hay un castillo de esmeralda, dentro del cual hay un castillo de porcelana, dentro del cual hay un castillo de piedra, dentro del cual hay un castillo de hierro, dentro del cual hay un castillo de oro. Yo creo que mis castillos se han ido desmembrando poco a poco y lo único que me queda es el castillo de la palabra, el cual Nawadir nunca mencionó. A estas alturas no me distraigo con recetas mágicas ni calderos de brujas. Soy esta combatiente que ya se rindió ante tanto secreto.

La poesía y usted siempre en mi pensamiento. En su mundo con devoción,

Bella.

29

TODOS LOS VERANOS Felipe y Fernando tomaban un avión de dos hélices en el aeropuerto de Isla Grande con rumbo a Martinica para pescar tuna, serrucho, chillo o dorado, porque la pesca en aquella latitud es fortalecida por los vientos y sus profundidades. Desde la avioneta se ven todas las islas con sus terrenos rodeados de playas blancas y un mar azul profundo. Al ir decendiendo ves pequeños grupos de casitas de madera con techo de cinc y paja, se pueden percibir minúsculas carreteras, junto a líneas imaginarias de palmas de coco y terrenos cultivados de caña de azúcar. Una decena de casas flotantes se divisan en aquella lejanía, cuando el viento de ese océano se apacigua, en contraste con una hilera de palacetes de cemento con dobles escaleras de mármol se extienden entre el cielo y el agua. En la costa siempre alquilaban el bote 'Miss Paulette' cerca de la fila de las 'yole rondes', los botes decorados por los nativos de la isla en brillantes rojos, amarillos y verdes. Una nevera con hielo y 'rhum agricole' el ron de la islita prometía una pesca fresca y unos remos de bambú aseguraban el regreso en caso de que el motor del bote se averiara. Una vez finalizaba la pesca, Fernando pasaba horas enteras por la orilla de esas costas. Nadaba hasta el cabo más cercano para acostarse en la arena blancuzca y desde allí observar al detalle los pequeños peces en el agua cristalina y el escenario humano que incluía todo tipo de bañistas y pescadores limpiando sus presas.

Felipe y Fernando eran también devotos del torneo de pesca del marlin azul auspiciado por el Club Naútico de San Juan. Recorrían la costa norte de nuestra isla en la lancha de un socio de Felipe, arrojando al océano líneas con carnadas de camarones y pedazos de chillo hasta que daban con la presa. Para la pesca del marlin salían temprano en la madrugada. Eran días de mucha emoción, entusiasmo y rigor. Aunque el rigor era algo incomprensible para Felipe, que cuando se aburría de aguantar las cañas se entretenía pasando tragos de martinis y cubalibres o batiendo huevos que mezclaba con harina blanca para freír chillos empanados en una pequeña estufa de gas. En otras ocasiones tomaba el arpón y acechaba las barracudas que se acercaban al bote en busca de comida. El norte de la isla tiene decenas y decenas de playas, millones y millones de granos de arena blanca, rosada, crema, gris, mas una cantidad enorme de algas marinas y caracoles que se depositan en las orillas. Inmensas langostas se aprecian en el agua coloreada por miles de peces tropicales y los bancos de corales.

Fernando tendría unos veintiún años cuando ya se perfilaba como cantante. Imitaba a los cantantes de moda o escuchaba la frecuencia radial de las bases militares, tratando de descubrir el secreto del falsetto en la voz de los negros in the USA. De tarde se le podía ver caminando por la playa mientras le hacía coro a los pájaros, especialmente a las tórtolas y muchas veces cantaba a dúo con éstas. Los pájaros lo miraban extrañados de tener un compañero tan humano. La pasión de Fernando era la música y el motor de su vida el ritmo. **[Fernando gorioncillo, pecho amarillo]**

-¿Sabes que me voy para el Army?, le anunció un día a Felipe.

-Sí. Ya me comentaron los viejos. ¿Qué vas a ser allá bróder, sabes que no tienes que irte. Yo te puedo conseguir un trabajo, además me quedo sin mi compañero de pesca, fue la respuesta de Felipe.

-No, hermano, gracias. Quiero irme y me parece que el ejército es una muy buena oportunidad, pero no te preocupes yo regresaré ya famoso.

-Fernando lo único que te pido es que te cuides. Los viejos no soportarían otra desgracia, afirmó Felipe.

Fue muy duro para los abuelos aceptar que Fernando también se les iba, pero se fue. Después de un entrenamiento de tres meses y luego de que sus compañeros notaran en la ducha la calidad de su voz, fue reclutado para ser parte del show de entretenimiento organizado por los soldados. Por dos años anduvo de fuerte en fuerte entreteniendo las tropas junto a un grupo de soldados cantantes y otros que hacían de todo en el escenario. Por eso la familia dice que Fernando salió cantando del Army. Una vez completó el término, mi tío decidió mudarse a Nueva York, a pesar de la negativa de los abuelos. Dentro de la comunidad boricua se organizaban tríos y cuartetos, estos grupos vocalizaban entre sí y se intercambiaban canciones. **[Que me toquen las golondrinas]** Fernando era parte de este núcleo de músicos y cantantes que se movía por la ciudad.

Un día, una de las tías abuelas preparaba chocolate caliente en un invierno cualquiera. Escuchaba RADIO WADO, su estación favorita, mientras mezclaba leche y una barra de chocolate Cortés en una cacerola. Se le echa canela, un poco de azúcar y se va moviendo y removiendo hasta que el chocolate va derritiéndose. ¡Ummmm, sabroso! Decíamos que una de las tías abuelas escuchaba la radio. El locutor anunciaba la magnífica grabación de ese grupo de muchachos, de aquí mismo del Barrio, de East Harlem, y quien no sepa a estas alturas qué es el Barrio y dónde queda, ¡camarada anda muy mal!, ya que el Barrio es donde se ancla uno de los corazones palpitantes de la comunidad boricua en Nueva York, el principal latido puertorro de Manhattan. Hablábamos de esos muchachos que acaban de grabar su primer 45 con el famoso bolero *Perfidia*... nadie comprende lo que sufro yo...es en definitiva una de esas canciones que comprometen tu intimidad hasta el tuétano y no hablemos más mis compatriotas, les dejo con estos muchachos.

Todo esto expresó el locutor de la radio y la primera grabación de Fernando se escuchó por la onda. **[Cucurrucucú, paloma]** A esta tía le pareció escuchar una voz muy conocida. Llamó a la estación de radio y confirmó que efectivamente era su sobrino que había grabado un disco 45 y no un viaje de la imaginación gracias al cannabis. **[Oiga me puede complacer con Que me toquen las golondrinas.]** De inmediato notificó por carta a la familia.

Para sobrevivir en esa ciudad Fernando trabajó de lavaplatos, mozo, barbero y cocinero. Una vez trabajó en una funeraria y le dio por coleccionar los ganchos de las flores que se depositan en la tumba de los muertos, llenando todos los armarios de la funeraria, lo que produjo una escasez en la ciudad, para revenderlos a mejor precio. El dinero lo usó para su trabajo musical. ¡Que no digan que eso de la oferta y la demanda no trabaja! Los fines de semana cantaba hasta tarde en bares y cabarets con un grupo de cantantes...Mala noche, tan larga y silenciosa...porque no hay como un bolero para narrar nuestra desventura...y al finalizar se dejaba ver por los sótanos de Harlem donde los negros componían y cantaban blues. Eran pequeños bares decorados con guirnaldas y luces de colores y una tarima al fondo. En uno de esos pequeños juke-box-joints o traducido al manchego, una ratonera de cantazo, alrededor de las dos de la madrugada, comenzaban a desfilar individuos vestidos con sombreros anchos, sacos hasta los tobillos, corbatas de colores brillantes y cargando todo tipo de instrumentos. Las cantantes llegaban más tarde, se quitaban todos los embelecos para combatir el frío y se metían al baño a retocarse el maquillaje y el peinado. En el escenario, un cigarrillo encendido les iluminaba el cuello, los labios y las uñas pintadas de un rojo encendido... Don't the sun look lonseone setting down behind the trees? don't your house look lonesome when your baby's packed to leave?

30

CON EL CEREBRO lleno de planes, Fernando anunció su regreso a Puerto Rico. Se sintío pleno y en estado de santificación cuando vio desde el cielo el pico del Morro y las olas embravecidas dando cantazos. Cuando el avión aterrizó, el aplauso masivo de los pasajeros le confirmó que aquí es donde quiero estar. Quiero aclarar que el aplauso no fue en honor a Fernando, sino al hecho de que llegamos sanos y salvos, ¡carajo!. La comitiva en el aeropuerto estaba formada de hermanas, sobrinos, y su hermano Felipe. Los saludos, las risas y las voces de todos eran demasiado y lo necesario para recordar de zopetón en dónde estaba. Su madre y su padre, ya en su casa, lo esperaban con abrazos tiernos y como Dios manda con un buen asopao de langosta. Todos conversaban y las risas en el aire se confundían con los ruidos del barrio. El abuelo Cristóbal abría botellas y repartía aromáticos licores, mas Fernando por ratos se sentía que todavía se encontraba caminando con sus amigos por las oscuras calles de Nueva York y todo esto era un sueño y en cualquier momento despertaría.

-¿Qué piensas hacer ahora?, fue la pregunta de Felipe en un aparte del algarabío.

-Voy a continuar mi carrera de cantante, pero necesito formarme primero.

-Oigan todos, mi hermanito continúa su carrera de cantante. Es lo que necesitamos, alguien famoso en la familia.

Con sus ahorros y la ayuda de los abuelos, Fernando consiguío tomar clases con una conocida maestra de canto:

-Tal vez eres barítono, aunque tienes una voz que todavía no ha sido modificada por la adultez y es posible termines como tenor.

Para mantener sus cuerdas vocales saludables, se tragaba una yema de huevo crudo todas las mañanas y hacía gárgaras con agua de rosas:

-La entonación, Fernando, la entonación es importante y no te olvides que para la resonancia no hay límite.

Entonces Fernando llevaba a cabo ejercicios vocales con dos chamacos del barrio aspirantes a cantantes:

-El cuello estirado, la boca abierta en forma circular, la nariz en plena disposición para recibir y botar aire.

La maestra y su alumno manipulaban la voz parafraseando trabalenguas... Si tu gusto gustara del gusto que gusta mi gusto, y mi gusto gustara del gusto que gusta tu gusto, mi gusto gustaría del gusto que gusta tu gusto. pero como mi gusto no gusta del gusto que gusta tu gusto, tu gusto no...

-El tono, debes modular el tono, ya que el hombre tiene un tono más explosivo, más muscular. Eso le crea dificultades en la pronunciación de palabras y frases....Pablito clavó un clavito qué clavito clavó Pablito, repite.

De tarde seguía practicando sus ejercicios vocales con aquellos dos chamacos y el grupo afinó tan bien que decidieron organizar un trío:

-¿Le puede dar clases a estos dos también?

-No por el precio de uno, cada uno debe pagarme por separado. Ahora a tres voces: tres tristes tigres, tragaban trigo en tres tristes trastos. Sentados en un trigal. sentados en un trigal, tres tristes tigres, tragaban trigo en tres tristes trastos.

Fernando no se hizo esperar. En la pequeña sala de mis abuelos, el grupo preparó varios ritmos de moda, ensayando durante meses frente a una audiencia de muchachos que se aglomeraba en el balcón de la casa. Finalmente tuvieron su oportunidad; debutando en el programa de aficionados de Radio WKAQ; causaron sensación y de la noche a la mañana la popularidad del grupo creció como la espuma. En cinco meses ya el grupo se escuchaba en Panamá y el resto del Caribe, gracias a la radio de onda corta y a los innumerables marinos que iban y venían de un puerto a otro cargando con bultos llenos de discos cuarenta y cinco y **[Cucurrucú paloma]** al poco tiempo el grupo preparó un repertorio de canciones, pudiendo grabar su primer disco de larga duración. El disco se vendió como pan caliente y esto dio pie para que los promotores de las radioemisoras de República Dominicana invitaran al grupo a Ciudad Trujillo, la tierra que más amó Colón. **[Ahí viene el gato y el ratón a darle combate al tiburón.]**

El aeropuerto de Santo Domingo era un inmenso desorden, gentes hablando a gritos y llevando cajas, bultos y matucos que se confundían con músicos de esquina, que para ganarse unos cuartos, se tiraban a tocar ripiao con tambora y güiros. Un chofer los esperaba para trasladarlos a La Voz Dominicana, donde un famoso animador de radio los recibió con los brazos abiertos. Esa misma noche, en el escenario de uno de sus hoteles de moda, el trío inauguró su espectáculo ante un nutrido grupo de generales vestidos con sables y charreteras y acompañados con sus distinguidas esposas... El récord de taquilla que establecieron los muchachos, difícilmente puede ser igualado. Nunca antes se había visto tanta gente en ese hotel. **[que me toquen Las golondrinas]** La fila en la entrada parecía interminable. Que conste, que todavía no han sido invitados a participar en películas...

Cuando el show finalizó, el grupo fue invitado por uno de los hijos del Chivo, al barco *Víctoria* anclado en Boca Chica. Entre los invitados de honor se encontraban algunos oficiales del gobierno de Pérez Jiménez y cierta dama delegada del American Institute of Democracy. El muelle estaba abarrotado de caliés, barreras militares y cepillos, siempre en estado vigilante. Se sirvieron grandes cantidades de whiskey, ron y cerveza Presidente y una paella rociada con la afamada cerveza presidió el bufete. ¡Aquello terminó en una fiesta espectacular!

Amaneciendo, el hijo del Chivo y sus amigos, absolutamente borrachos, dispararon desde el barco los cañones de calibre grueso. Era una de las bromas de las muchas que el hijo del Jefe practicaba. La pelotera que se armó fue de tal envergadura que el trío tuvo que esconderse en el camerino del capitán, para más tarde salir con escolta militar norteamericana junto con la dama delegada del American Institute of Democracy… Aunque no se crea, este episodio incrementó la popularidad del grupo y complaciendo innumerables peticiones viajaron por todo el Caribe, Centro América y Europa. Nueva York fue siempre una escala necesaria, ya que el público señoras y señores los aclaman. En cada ocasión que este grupo visita Nueva York se encargan de establecer récords de excepción. **¡¡¡WOW este sí que es un show!!!**

31

EN MENOS DE UN AÑO Fernando y su grupo se habían convertido en la primerísima agrupación vocal de América. **[Orgullo de todo todos nosotros]** lo que favoreció las relaciones de trabajo con un sinúmero de cantantes y músicos, en especial con ellas, las boleristas que cantaban al amor o la traición, invocando la sombra de la pasión, acompañadas de guitarras y maracas, o acompañadas de orquestas, en trajes audaces e intensamente provocadoras. En la vida hay amores que nunca pueden olvidarse, imborrables momentos que siempre guarda el corazón. Conocía además a todos los guitarristas de flamenco llegados de la madre patria, flacos y adictos al opio, que cantaban qué bonitos ojos tienes debajo de esas dos cejas, debajo de esas dos cejas malagueña salerosa ¡¡¡Viva España!!! ¡¡¡¡Que viva España gloriosa!!!! Así concluía cada canción, igualito a los mexicanos, con la diferencia de que los mexicanos gritan ¡Vá por México! ¡Que viva México, hijos de la chingada!. Era procurado además, por las cantantes de zarzuela y las tunas madrileñas que atracaban en el puerto de San Juan en gira por América. Las cantantes de zarzuela eran unas matronas con tetas espectaculares y flores en el moño que despedían un sudor sensual. En cambio los muchachos de las tunas parecían salidos de una fábrica de porcelana barata.

Todos y cada uno eran invitados a pasar por la sala de mis abuelos, donde se daban largos conversatorios musicales. La abuela María, ocupadísima, preparaba asopao de ostras y gallina fresca para consumo de los invitados. El abuelo Cristóbal llegaba con macutos de jamón serrano y chorizo español, que es el mejor y no el chorizo mexicano que es una imitación, decía el abuelo. Procuraba que hubiese siempre una porción digna de licores importados y de ron caña fabricado en los alambiques del Caño, mientras Felipe y Minerva siempre desplegaban sus dones de excelentes anfitriones. Iban de invitado e invitado llevando muestras del ron clandestino en pequeños vasos de cristal y repartiendo copitas de licores extranjeros.

Pilar en especial sentía una profunda admiración por las boleristas y cada vez que se anunciaba una velada musical procuraba estar presente. Describiremos a continuación el vestuario de Pilar para toda la tele-audiencia: cómodamente vestida esta dama capitalina lleva pantalones capri blancos y blusa a cuadros en combinación o tal vez lleva un traje de algodón floreado con sandalias haciendo juego. Vayan tomando nota mis queridas damas. Pilar llegaba puntual. Se sentaba en un rinconcito del piso de la sala, mientras abría su abanico de varillaje negro. Le provocaba espiar la audacia y provocación de las boleristas. Escuchando a estas mujeres cantar mi madre aprendió a perfeccionar el arte del disimulo y el fingimiento y a esconder el deseo en algún recoveco del instinto. Aún más, estudiando el canto de las boleristas, descubrió el enigma de la perfecta casada y pedía a las fuerzas universales, ser alumna eficaz de cada una de aquellas mujeres. **[¡Agúzate mi negra!]**

La tía Minerva era la encargada de controlar el gentío, que pedía entrada en casa de los abuelos, cada vez que el trío ensayaba. Se ponía las botas abriendo y cerrando el portón a quien ella le daba la gana, le guiñaba el ojo a todo músico, cantante o bolerista que ella considerase interesante y le enseñaba el fondillo a todo empresario bien parecido y con dinero. A la gente le encantaba la jiribilla y el sabor de Minerva. Los sábados en la tarde, después de haber dormido la amanecida, acostumbraba ir de shopping a las tiendas de discos de Santurce y llegaba con lo último del hit parade. Los domingos, ayudaba al abuelo Cristóbal a organizar las bebidas que llegaban en los cargamentos de contrabando desde Venezuela, México y Panamá.

El abuelo Cristóbal tenía un almacén cerca del Caño que había sido una fábrica de pasta de dientes. Tres abanicos refrescaban el ambiente. Aunque el abuelo Cristóbal, ya tenía los medios para legalizar su negocio, había descubierto que no había mejor forma para realizar transacciones comerciales, que a través de las especulaciones y el tráfico ilegal. Era un negocio sin complicaciones de pago de impuestos o aduanas. Había formado un imperio y no lo iba a tirar por la borda por concesiones democráticas. Esta compra y venta le había permitido obtener una fábrica de sacos, otra de botellas y una planta de reencauchado de gomas, que se conforme el gobierno con el pago de los impuestos de estos tres productos. Eran los tiempos de la Alianza para el Progreso y de doña Inés con sus dos hijas feas. El abuelo Cristóbal era el mejor suplidor de bebidas del país y la tía Minerva con el tiempo se convirtió en especialista de licores. La bartender, mejor dicho, **[Echele amigo nomás echele y llene, hasta el borde la copa de champán]** refinando sus conocimientos sobre el whiskey americano, los cordiales, el brandy, la cervezas, ginebras, vodkas, rones, cremas, tequilas, frappes, highballs, hot drinks, juleps, pernods, pousse-cafés, ponches, triplesecs, vinos, aguardientes, camparis, angosturas, anises, aperitifs, créme de cassis, curacao, digestifs, grenadines, madeiras, oportos, on the rocks para los americanos, pisco para las muchachas, sherry para los americanos, ron, ron, cuidao que está borracho, no lo dejen ir sin pagar, ron, ron, ron, ron, mucho hielo, ron blanco, ron dorado, ron dulce de Jamaica, ron caña, cachaza, pitorro.

32

YO ME METÍA en el cuarto de la tía Minerva y me sentaba en su cama, la observaba vestirse, desvertirse, abrir gavetas, cerrar gavetas, cambiar de peinado diez veces por día, salir del cuarto, entrar al cuarto.

Nos acurrucamos en la cama a dormir la siesta, bien pegaditas, juntas, conmigo, con ella, yo dormida junto a ella. Las dos confundidas en un abrazo y dentro de un solo sueño.

Un gran pantano se atravesaba en la sombra. Los pájaros nocturnos dejaban de piar, el mangle se encontraba desierto. Minerva me lleva de la mano mientras me señala con su brazo, allá a lo lejos aquel hombre transparente de mirada clara y triste, de porte opaco pero cariñoso. El ser se transporta y llega a nosotras, abre la boca y arroja cientos de gusanos podridos por su boca. La tía Minerva sueña que los pájaros nocturnos han dejado de piar y el mangle se encuentra desierto.

Ya en ese momento el cuarto era un conglomerado de almas y Eusapia Palladino se atravesaba en el pleno corazón mío:

-Niña mía, niña mía.

Yo dormía y podía seguir soñando a Eusapia Palladino repartiendo aguas benditas y aromas transparentes.

-Niña mía, niña mía, repetía.

Sin mover sus labios, Eusapia Palladino me toca la mejilla sin tocarme, sin sentirme, sin sentirla, hasta que el sol se apoderaba de la habitación.

Yo despertaba por el calor y los espíritus chillaban achicharrados por las altas temperaturas, derritiendo su energía delante de mí. Yo le daba una revisada al cuarto, al gavetero, al clóset, a la cama, a los cuadritos en la pared, a todos los objetos de la habitación. Todos permanecían en su sitio. Era yo casi niña, casi mujer. Casi Mujer.

-¿Qué soñaste?

-Con un Aparecido. ¿Y tú?

-No sé, con un hombre, pero tú también estabas en el sueño.

Minerva se levanta y se asoma a la ventana. Ha visto a alguien conocido. **[Testing. Testing. One, Two, Three o'clock, Four o'clock, rock]** Va al espejo, se pasa un cepillo, se pone lipstik y sale a la calle. Baja la escalera, **[Five, six, seven o'clock, twelve o'clock, rock]** camina hacia un grupo de muchachos en la esquina, un hombre se le acerca. Minerva le acaricia la cara. **[we're gonna rock, around the clock tonight]** Le da un beso en la boca y se separan del grupo. Caminan lentamente hasta salir del barrio y llegar a una de las casas más imponentes en la colina. El hombre posa una mano en el fondillo de Minerva y ¡fuácata! se la llevó pa'l monte. **[One, Two, Three o'clock, Four o'clock, rock. Five, six, seven o'clock, rock]** Él se detiene y saca una llave del bolsillo y entran en puntillas a un mirador lleno de palomas. Se quitan la ropa con la naturalidad del conocimiento y hacen el amor de frente a las estrellas y al cucurruco de las palomas.

Minerva ya era una de las grandes fleteras del barrio y a mucha honra mis queridos lectores.

-¿Has visto a Minerva?, pregunta la abuela María.

-Se habrá acostado, responde el abuelo Juan.

-Pero yo la vi bajar.

...y habrá subido.

[Sum, sum, sum sum sum Babaé.] Allá en el Caño, las Viejas se agachan en la orilla de lo que queda de la maleza de raíces de mangle, casuchas, charcos de agua, mierda y orines. Serpientes servidoras del de la Pata Hendida. Una noche de relámpagos, truenos y un aguacero celestial y profundo, entró a la casucha del mangle uno de los perros de la cueva de piedras. Entró y escupió la cara de una de las Viejas. Esa mañana la abuela María limpiaba los cuartos, entró al cuarto de Minerva y la encontró enroscada con una mujer color aceituna y un cuerpo de diosa africana. **[Sum, sum, sum sum sum Babaé.]** En segundos la abuela María cogió el palo de escoba y les cayó arriba como si estuviera matando cucarachas. La mujer de cuerpo de aceituna entre golpe y golpe, logró vestirse y salió corriendo de la casa. La tía Minerva huyó y se trepó en el techo hasta que el hambre la consumió obligándola a bajar y hurgar en la cocina, mientras aún dilucidaba si le gustaban las mujeres más que los hombres. Se descubrió de esa manera que mi tía Minerva ejercitaba además la actividad sexual lésbica, O SEA, le gustaba tostonear o tortillear.

Felipe, indignado, decidió tomar cartas en el asunto.

-Esto es un asunto de mujeres. Así que déjame a mi hablar con ella, Pilar le respondió.

Al día siguiente Pilar se vistió con un suit amarillo con zapatos y cartera en tono pastel, ya que entendía que los problemas había que resolverlos de la forma más elegante posible. Lo difícil es escoger los accesorios, ya que el amarillo es un color que aturde los demás colores; así que el tono pastel de los accesorios y un collar de perlas de mallorca, le darían un toque sobrio al vestuario. Llegó a la casa de los abuelos y encontró a la tía Minerva recogida en su habitación. Esta era una habitación con muebles en color blanco. El clóset, recién construido por el abuelo, era uno moderno, con anaqueles de madera y una infinidad de ropa y zapatos a la moda. La tía Minerva leía en un *Vanidades* como colocarse maquillaje de noche y tan pronto vio a Pilar fue al grano.

-Ya sé a lo que vienes y no hay nada que puedas hacer. Yo me siento mitad hombre y mitad mujer y poco me importan los rumores. Cuando me siento mujer busco a los hombres y cuando me siento hombre las busco a ellas y seguiré retozando con quien me dé la gana. By the way, qué bien te queda ese color de vestido.

La tía Minerva le enderezó el ruedo a sus pantalones, se puso lipstick y salió a la calle. Así fue como Pilar aprendió a respetar a la tía Minerva y a todas las de su especie. Entendió que no había nada turbio en sus sentimientos, al contrario, sus emociones eran simples y llanas y bastante honestas por cierto.

-Por lo menos hay una mujer feliz en esta familia.

Ya en la casa Felipe le preguntó:

-¿Hablaste con Minerva?

-Claro que sí.

33

"FRENTE AL BUEN PUEBLO de esta isla, próspero en sabiduría y tolerancia humanas, virtudes que queremos se hagan cada día más fuertes en nuestra cultura, deseo dedicar este nuevo período constitucional a los grandes valores de la democracia, a fortalecer los derechos de todos, a vigorizar el combate contra la pobreza extrema y la ignorancia involuntaria. Para unos grupos extremistas, lo fundamental era que se fueran los otros, para este gobierno que se fuera el hambre y para esto el objetivo principal de mi gobierno es aumentar la producción con la mayor eficacia, el dilema es invertir y gastar, mientras más se gasta menos se invierte, mientras menos se invierte menos hay para gastar, mientras más se invierte más hay para gastar, gastar es lo fácil, invertir es lo más difícil, el invertir ayuda a la tentación de gastar, gastar no conviene ya que invertir es lo necesario, gastar lo inútil, es el dilema, entonces se trata de invertir, solo invertir, unicamente invertir, invertir para el progreso de todos. El pensamiento que quiero llevar a todos ustedes, más bien el énfasis, el punto de vista, el de atención preferente, el de prioridades de acción es éste: el gobierno tiene la obligación contraída con el pueblo que ha confiado en él para luchar con su difícil problema de vida, al tirar el balance que se crea apropiado entre lo que el gobierno deba invertir, en ensanchar la producción, directa o indirectamente y lo que deba gastar, en dar servicios que de por sí no ensanchan la producción. Continuemos cada día más armónicamente la práctica establecida, ya que somos motor y freno del malgasto...", fue el discurso del gobe cuando ganó las elecciones. Once again, de forma abrumadora.

Hubo aplausos, fotos y firmas de autógrafos. Hubo entrevistas con la prensa, en donde el gobernador insistió en el gasto y el malgasto. Se llevó a cabo un cocktail en el Palacio de Santa Catalina, más fotos, más sonrisas mientras en el pueblo de Río Piedras un grupo de muchachos serenos, solitarios, inconformes leía a Hugo Margenat, un joven dado a poeta. Debajo de los árboles de caoba de la plaza se agrupaban a escuchar sus versos una y otra vez. Una vellonera en algún bar tocaba el último hit parade. Fueron los días en que la consulesa de Cuba en San Juan hacía un llamado a la cordura y a la sensatez de todos los cubanos que residen en Puerto Rico y que en breve saldrán de regreso a su patria:

> "Como funcionaria del Servicio Consular de la República de Cuba y como tal, colosa guardiana y defensora de los intereses del ciudadano cubano, hago sinceros votos porque el cambio de gobierno en nuestra amada Cuba traiga la tan necesitada paz y tranquilidad a mi pueblo."

El júbilo y la alegría por la caída del gobierno de Batista era general. Un buque especial ha sido enviado a recoger a los miles de turistas norteamericanos, varados por la huelga general en Cuba, que estalló con motivo de la huída del presidente Batista. A los cubanos exiliados les dio con dar gracias a los espíritus y a todas aquellas fuerzas del universo que ayudaron a tan feliz empresa y comenzaron a acudir en tropel a casa de los abuelos.

-Una oración para que se pida por el bienestar de Fidel, caballero.

Era el pedido de los feligreses, generalmente señoras con los pelos teñidos de rubio plateado y profundas chapas de sombra azul pavo real en los párpados. Los exilados llegaban en manadas, cargando con su propia silla y desde temprano en la mañana hacían turno en la entrada de la casa de los abuelos. Partidiarios del movimiento triunfante en Cuba portaban banderas y cartelones, mientras pedían que RMC interviniera para que se le reventaran los guevos al presidente Batista. El Templo de los abuelos también fue atiborrado por exilados dominicanos y haitianos cargando sus instrumentos de vudú y gagá respectivamente, además de venezolanos y españoles. Los vecinos del barrio comenzaron a quejarse de la gritería que se daba en esa casa.

-Parece templo Pentecostés, ya es hora que la policía se meta y tumbe ese saltimbamque.

Las quejas para que se pusiera orden en esa casa en la comandancia de la policía más próxima, eran continuas y para colmo se corrió la voz de que el Templo, muy bien pudiera ser un club de comunistas disfrazados; fue cuando el Servicio Secreto tomó cartas en el asunto y Víctor fue notificado para que cubriera el caso de ese templo. Efectivamente. Víctor, el mismo que come y calza. Víctor vivito y coleando. Víctor que después de muchos años regresaba a la isla con la tía Carmen y sus hijos, hecho un especialista en batallas ocultas.

-¿Vas a vigilar a mi propia familia? ¡Tú no tienes verguenza!, vociferó su mujer.

-No seas tonta. La razón por la que he aceptado esta misión es para precisamente despistar al gobierno. Yo no creo que en tu casa suceda nada más que el encuentro de unos cuantos locos hablando con el más allá. Comenzando por los locos mayores, tu padre y tu madre. Así que por favor no me vengas con una de tus consabidas peleítas. ¿Crees que yo sería capaz de fabricarle un caso a tus padres?

-Querido, tú eres capaz de todo, le contestó su mujer mientras le depositaba un beso en la mejilla. De inmediato Víctor impartió instrucciones a la comandancia de la policía para vigilar esa casa de cerca, especialmente cuando hacía su aparición el espíritu que le mientan RMC:

-Lo que hacemos el silencio lo sabe. Pero eso es lo que debemos hacer todos juntos, los convencidos de siempre y los que se vayan convenciendo, los que se preparan y los que rematan, los de ayer y los de hoy, los que trabajan y los que no lo hacen. Falta tiempo y el peligro es grande. Son tenaces y nos vigilan y dividen, pues vigilemos nosotros, más la prudencia anuncia que es cordura lo que se necesita.

-Compadre, yo creo que usted tiene la misma grabación enganchá. Esa poesía suya nadie la entiende. Esta gente a lo que viene es a recibir noticias de los suyos, a escuchar alguna clarividencia que le diga cuántos presos y desaparecidos hay, cuántos niños muertos, cuántas guarniciones militares están en guardia, cuántos refuerzos, cuántas armas, si hay comida y ropa para todos o escasea, cuántas medicinas se necesitan, cuántos chotas andan por estos lares, o sea, cúales son sus cadenas. La noticia de todos aquellos que van de noche arrastrando las cadenas llevando un dolor en el alma y ocultando una pena. Contestó Eusapia Palladino.

-Que me digan cómo está mi marido en el calabazo, caballero, es lo único que quiero saber.

-Quieta.

-¿Qué pasa?

-Calla.

-¿Qué qué pasa, por tu madre?

-..dita sea, pero qué bestia eres. ¿No ves cómo está el camarón guisando?

-Un momentico que esto es una democracia. Que por eso yo me fui de mi Cuba, que a mí me vendieron esto como un paraíso. Habráse visto, que ni tan siquiera se puede hablar Quiero saber cómo está mi marido.

-Ya vio lo que quiere saber la gente., le susurró Eusapia Palladino a RMC.

34

YA VIEJOS, LOS ABUELOS eran cada día menos capaces de controlar el orden en medio del caos de los espíritus, en especial cuando se trataba de pedidos sobre la isla de Cuba. Los abuelos se mantenían amables y consoladores pero no tenían fuerzas para manejar el gentío y las exigencias de los vivos. Para completar, las almas del Templo andaban alborotadas, porque el desorden en las sesiones espiritistas era tal, que apenas se podían cerrar las reuniones con las oraciones necesarias, para que los espíritus se fueran a dormir el sueño de los polvos celestiales. Así que era muy común ir de visita a casa de los abuelos y de repente sentir la sutil presencia espírita detrás del zafacón de la cocina, o una tenue transparencia entre la cortina del baño. Una vez yo me percataba, las asustaba con gritos y brincos. Las pobres almas, a duras penas podían traspasar el infinito cuando se les asustaba y gemían como gato recién nacido. Hasta los changos que revoloteaban buscando las migajas del desayuno salían huyendo cada vez que escuchaban semejante escándalo.

En cualquier rincón, roto, clóset, armario, delante de Minerva mientras se toma el baño, al lado de algún cantante español que ensayaba con Fernando qué bonitos ojos tienes, en el patio, o en la cocina se podía encontrar algún alma recetando filtros mágicos. Yo escuchaba los susurros del ente espiritual, buscaba papel y lápiz y anotaba la receta para:

hacerse amar de un hombre,
para hacerse amar de todos los hombres y triunfar de todas las rivales,
para hacerse amar extraordinariamente,
para hacerse desear de las mujeres,
para hacerse amar de todas las mujeres y todos los hombres,
secretos fáciles para hacerse amar,
otros secretos para lo mismo,
otro más para hacerse amar de un joven soltero,
para enamorar locamente a una viuda,
para seducir a una mujer casada,
otra más para seducir a una viuda,
para hacerse amar de una joven soltera,
para impedir que un hombre se vaya con otras mujeres,
para dejar de amar a un hombre.

Las almas parecían brujas disfrazadas de transparencia, pero eran tan solo entes afectados por la falta de dirección. Estas almas se convierten en espíritus incongruentes y los espíritus incongruentes son difíciles de disciplinar. Los espíritus se apropian del barrio, asustando ancianos, niños y animales, se apoderan del dinero guardado en latas de galletas, atrapan a los niños más pequeños para jugar con ellos como si fueran bolas de ping-pong, besan a los animales en la boca dejándoles unas llagas verdes como hongos sin cabeza, se columpian en los árboles de mangó y producen una mierda amarilla que cagan encima de las casas y en las cúpulas de las iglesias, y sino cree lo que está escrito aquí lea los libros de Teodoro Vidal pa' que se entere.

-Este templo ha perdido la compostura y la seriedad ya no existe, afirmó RMC.

-Compay, dése cuenta que desto se trata. La vida y la muerte de la mano, lo demás es buchipluma no más. Así que cállese la boca, le contestó Eusapia Palladino.

No era intencional todo este desorden, sino la consecuencia directa del caos en aquel templo. El resto de la familia se mostraba molesta, porque el orden y la paz en aquella casa andaban alterados y le exigían a la tía Minerva y a Fernando que pararan de alzar la pata y se mantuvieran un poco más atentos al desmadre de aquella casa. La tía Carmen sugirió que tal vez ya era tiempo de nombrar un nuevo presidente del Templo.

-Por lo pronto a mí no me consideren, pues yo ando muy ocupada velando a mi marido. Demás está decir que no se puede contar con Claudia Luz. Fernando y Minerva ni lo piensen, esos andan en otro mundo. El único que queda es Felipe, por ser el mayor de la familia. Sería el más indicado.

¡Felipe! Felipe, que poco le importaba el asunto espiritual. Felipe, que no entendía ni papa de transparencias. Felipe, que a mi plín y a la madama dulce coco. Felipe que ni te ví, ni supe dónde estabas. Felipe que iba a las sesiones espiritistas muy pocas veces con la excusita de su trabajo. Felipe que si por algo se presentaba en las sesiones espiritistas era para ligarle el culo a las damas. Pilar no salía de la sorpresa. Significaba que los espíritus entrarían y saldrían de su casa sin pedir permiso, que podrían observar a Pilar de cerca, podrían notar su descuidado ofrecimiento.

Esa noche mi madre se sumergió en agua caliente y flotó un buen rato. El llanto le llegó de repente. Salió de la bañera y tomó su pote de tranquilizantes, lo abrió y sacó una pastillita y se acostó a dormir.

Al otro día la encontré en el piso de la sala revolviendo una caja bordada de caracoles y llena de fotos viejas y recuerdos.

La mecedora miraba frente a la ventana, la luz de la mañana se desparramaba por las cortinas y la tv estaba encendida en el show de Ed Sullivan, en medio de un silencio fantasmal lleno de corajes, rabias, tristezas, deseos y hechizos que arrancaban el aire de la habitación junto con su oxígeno. Pilar envejeció ante mis ojos, se le arrugó la frente, las patillas de gallo se pronunciaron y sus labios se apretaron tratando de aguantar un torrente de tristezas. Le acaricié la frente y me ofrecí a ayudar a desenmarañar la pequeña caja. Me besó la palma de la mano y dos lágrimas rodaron por sus mejillas. La mujer que yo tenía al frente era mi madre, pero no lo era, más bien yo era su madre, el abuelo Cristóbal era su madre, los espíritus, mi padre y todos éramos madre de mi madre. Pilar pasó por las fotos de mi nacimiento, las fotos de las fiestas familiares, y las fotos de su boda. Encontró la crónica del periódico sobre la muerte de Bella Juncos. La recordó en sus recorridos al parque, por las calles y plazas. Recordó sus largas conversaciones, sus abrazos intensos, los versos con cebollas y zanahorias y de un mar oscuro de Neruda y los versos de Juan Ramón con su Platero tierno brincando por los montes.

En los recovecos oscuros de la memoria, recordé la tarde que Pilar fue a visitar la tumba de Bella Juncos. Ese día se vistió en traje de hilo blanco ceñido al cuerpo con cinturón en juego. Yo me monté en el viejo Plymouth sin que me hubiesen invitado y ella ni se dio por enterada. De paso pasamos a recoger a la tía Minerva. La tía Minerva vestía en pantalón capri, blusa escotada hasta los hombros y zapatos de tacón alto en juego con la blusa. Pilar despejaba las hojas y ramas secas de la lápida y la tía Minerva se retocaba la pintura de los labios. Un fuerte sol iluminaba la tarde y la hierba caliente y seca estaba a punto de estallar en un inmenso fuego. Un reguero de casas se distinguían desde el cementerio, cuando el viento arrastraba matojos al centro de la vereda. Una mota de nube se cubría de un manto oscuro, amenazando a lluvia, pero el viento le aligeró el paso.

No se escuchaba nada en el cementerio, a excepción de las manos de Pilar restregando la piedra; a excepción de mis estornudos cuando ésta revolcaba el pasto; a excepción de los tacos de la tía Minerva cuando se hundían en la tierra; a excepción de un perro con sarna que estornudaba cerca de una de las tumbas de los Carrión; a excepción de la voz ronca de Pilar cuando dijo:

-¡Coño! Bella, tuviste la sensatez de irte cuando te dio la gana y la valentía de escoger la muerte que más te apeteció. El único error es que estás muerta.

La mecedora permanecía frente a la ventana y un hilo de sol resplandeciente se coló por las rendijas de la cortina hasta tocar la mesa de centro de la sala. La tv permanecía encendida en el Show de Ed Sullivan. Estimados televidentes en estos momentos Fidel Castro flaco, barbudo y en uniforme color olivo hace su entrada al espectáculo de Ed Sullivan acompañado del joven también Ché Guevara. Detrás, un séquito de barbudos que parece llevan varios días sin bañarse. Ed Sullivan, horripilante con su cuello gigante y tieso ha preguntado:

-Well, Fidel how was your visit to Harlem?, and by the way, ¿Do you plan to buy some new clothes before going back to Havana? Ed despide a los muchachos a los que describe como "revolutionary youngsters."

Pilar tomó su cartera, se despejó el pelo de la frente me abrazó y salió de la casa. Yo, sospechando lo peor, tomé el teléfono y llamé a mi tía Minerva. Lo cierto es que mi madre no regresó hasta tres días después. ¿Qué hizo Pilar esos tres días?, lo desconozco. Lo que sé es que mi padre anduvo acongojado, solitario, desesperado y con la extraña sensación de que había perdido una prenda valiosa. Felipe se tiró a la calle y buscó a Pilar por todo el país. El día y la noche no eran suficientes para ir contra el tiempo y la sospecha de que algo terrible le sucedía a su mujer. Asustado y como un lobo en el medio de un océano salvaje, mi padre intentó romper la barrera del silencio que nos atravesaba a todos, sacudiendo aquella isla como una alfombra que hay que limpiar.

-Mi niña, tía Minerva está aquí. Yo me acurruqué en su falda y por tres días entramos y salimos del mundo de los sueños negros, atravesando el cielo y la tierra, las bocas de los animales y la vegetación entera.

Felipe encontró a Pilar no se sabe dónde o con quién, para regresar a nuestra casa juntitos, acurrucaditos, amelcochados, empalagados y relamidos.

-¡Es a ti a quien quiero mi negra! Las otras son pastelillos de guayaba sin azúcar. Que quede claro. Y además te garantizo que en esta casa no entra ningún templo espiritista. Se van a tener que buscar otro hospedaje, pronunció mi padre.

Pilar me abrazó y yo abracé a Felipe y nos quedamos los tres quietos, mirando la luna y sus destellos de luz. Felipe, Pilar y yo.

35

POCOS MESES DESPUÉS, ambos abuelos cayeron en el sueño de la inconsciencia. La abuela María jugaba con su propia mierda y al abuelo le daba mucho trabajo localizar su pene cuando tenía ganas de orinar. Se acordaban de cuando eran pequeños y confundían el pasado con el presente. La familia decidió separarlos de habitación y habilitaron dos cuartos, uno para cada uno. Una cantidad inmensa de equipo e instrumentos médicos llegó a aquella casa y la tía Claudia Luz se dedicó a atender a aquellos viejos, con la precisión de una asistente de la era espacial. Una noche, la abuela María cansada de tantos achaques simplemente dijo:

-Ya no soy yo, ésta es otra dentro de mi cuerpo. Y se despidió de su cuerpo material. El abuelo que de todo se enteraba, de inmediato fue informado por las almas de la muerte de su mujer y decidió que sin ella no podía seguir en el plano terrenal. Esa noche se incorporó de su cama y se aproximó al oído de la muerta y le dijo:

-Sin ti no soy. Soy otro sin competencia y obtuso.

Volvió a su cama, cerró los ojos y dejó de respirar. Eusapia Palladino trajo un coro de ninfas que invadió con sus risas el espacio de la casa. Tomó los espíritus de los abuelos y les dio las lecciones necesarias para aprender a volar, mientras RMC convocaba a la Fraternidad Blanca del Tibet y a la Diosa Jano para discutir el futuro de ese templo. Las tías abuelas, informadas de la situación, llegaron desde Nueva York cargando con siete maletas con los últimos diseños de la temporada, una caja de metal con discos cuarenta y cinco y una bolsa del mejor cannabis de la temporada. Toda la familia fue al aeropuerto a recibirlas. Al llegar a la casa, pasaron revista de la situación y se metieron en la cocina. Prepararon viandas con bacalao y aguacate y un bizcocho de pasas con una pizca del cannabis. La tía Minerva sirvió un digestivo. Claudia Luz, cansadísima se recostó a dormir la siesta. La tía Carmen le dio café a Víctor, mientras éste retozaba con la mirada de Pilar. Fernando se fue a la azotea y se dedicó a ensayar comprende que mi corazón ha sido burlado tantas veces, que se ha quedado mi pobre corazón con tan poquito amor y Felipe salió en busca del abuelo Cristóbal. Pilar ayudó con la trastera, sintiendo la mirada de Víctor atravesarle la espalda.

Como siempre, la familia tuvo que expedicionar el cementerio para encontrar el muro incoloro que sirve de frontera de los muertos y proceder a cepillar fuertemente la lápida familiar. Las tías abuelas se ofrecieron de voluntarias para limpiar la tumba y Pilar pidió que las acompañara al cementerio. Yo pregunté:

-¿Puedo invitar a Goyo?

-Sí puedes, le respondió Pilar.

Las tías abuelas insistieron en llevar mi tocadiscos portátil y la caja de discos y con gran esfuerzo nos metimos todos en el carro deportivo de Goyo. Por el camino nos topamos con Aquel que nos ayudó con el bulto. Abrir el portón de hierro, ya rígido por el moho, caminar hacia arriba por su calle principal y llegar hasta la casa del sepulturero era siempre una aventura.

A ambos lados.
los mausoleos elaborados
de las familias de abolengo,
un pequeño pozo lleno de mosquitos
y lirios de agua,
los árboles de frutas en todo el camposanto.

Llegamos a la tumba familiar e instalamos el tocadiscos en una de las tumbas contiguas. Las tías acariciaron la lápida varias veces. Abrieron el tocadiscos e instalaron dos baterías. Al instante se escuchó la mejor música de tango que se haya escuchado en aquel litoral. Aquel se había quedado debajo de un árbol de guayabas:

-Por si en algo me necesitan.

Y del tiro comenzó a vocalizar *La Cumparsita*. Goyo desapareció y al rato llegó con unas cervezas. El alboroto atrajo a Aquellos que se fueron aproximando hasta la lápida ayudando a baldear la loseta fría y a restregar la lápida de la familia y las tumbas y mausoleos más cercanos. El despelote de agua era de tal naturaleza que ésta comenzó a chorrearse por las veredas y caminos del cementerio, depositándose en los canales de los mausoleos hasta llegar a los cristos crucificados y las vírgenes de las macarenas.

El día del entierro todos los feligreses del Templo se vistieron de blanco. Las señoras con sus abanicos y sombrillas y los hombres con sombreros de paja, acompañaron a pie el carro fúnebre. Goyo trajo su carro deportivo y yo me enganché con él. Aquel con sus timbales y ése con su conga se sumaron a la procesión. Fueron tantos los que acudieron a la cita, que más bien parecía una procesión de Domingo de Ramos. Varios policías encubiertos al mando de Víctor, se mezclaron con el séquito fúnebre. Las conversaciones por el reencuentro de los muchos, que habían recorrido horas de viaje en carro público, guagua y a pie, se mezclaban con las consignas de las delegaciones de exilados de Cuba, República Dominicana y Haití. Los miembros del Proyecto OZ hicieron acto de presencia; así como los miembros de las logias y el Patronato de Mujeres Esposas de Masones. La policía encubierta se mantuvo atenta a todas las conversaciones y Víctor llevó su cámara fotográfica. Pilar, Minerva y yo vestimos finísimos últimos modelos de El Imperio, una de las tiendas de ropa más elegantes. Fernando, junto al trío Los Hispanos, acompañó el servicio interpretando todos los boleros de su repertorio para finalizar cantando a cappella comprende que mi corazón ha sido burlado tantas veces, que se ha quedado mi pobre corazón con tan poquito amor.

Estimados lectores, el cortejo fúnebre tomó la calle Santa Cecilia y viró a la izquierda por la calle Eduardo Conde. Pasó la escuela Facundo Bueso, el School Supply, la casa de Miss Valentín, mi maestra de economía doméstica, y el bar El Ausente de doña Matilde. Esta, en un gesto de respeto apagó la vellonera. Víctor entró al bar y fotografió el gentío entrando y saliendo de la letrina. Salió del bar y fotografió a los feligreses, sus sombrillas y los paraguas, las flores, los abanicos, las piernas y las carteras. Cuando vio al abuelo Cristóbal cargando con unos vasos desechables, fotografió la barriga del abuelo. Fotografió a Felipe y a Minerva cargando un matuco de pitorro. Fotografió a la tía Carmen de cuerpo entero y cuando vio a Pilar le retrató el culo. La procesión pasó por la escuela Caimary y el cine de películas X allá en la lomita anunciando la última película de Lourdes Vázquez la actriz de cine pornográfica y Víctor la fotografió de cuerpo entero.

San Juan, Beijing, Nueva York, 2003.
revisada, 2012.

Lo oscuro de la luna

El recuerdo produce una repetición
de experiencias muchas veces alucinadas,
como el lado oscuro del looking glass.
Recuerdo un ancho territorio
como una pampa seca y solitaria,
vasto y repleto de pequeñas flores amarillas
pegadas a la raíz de la tierra.
La vida tal vez, es una consecuencia
del caos de aquellas flores,
incapaces de despegar de la tierra.

Esta novela comenzó como un poema, una elegía en honor a dos tías-abuelas. De ahí se me ocurrió hacer preguntas a la familia. Luego me dio con curiosear artículos de prensa, y documentos gubernamentales. Es cierto que la curiosidad mató al gato, pero mi pequeña imaginación hizo el resto. Dependí, además, de los libros: *El evangelio según el espiritismo* y *El libro de los médiums* de Allan Kardec y *Tradiciones en la brujería puertorriqueña* de Teodoro Vidal. El grimoire: *El gran libro de San Cipriano* y el infame *Malleus Maleficarum* fueron mis fuentes para las recetas. Las recetas son de dominio público, puede tratarlas, tal vez resulten. L.V.

LOURDES VÁZQUEZ es una de las voces más originales de la literatura puertorriqueña.

Entre sus últimos libros se encuentran: *La mujer, el pan y el pordiosero* (Eón: México, 2010), *Tres relatos y un infortunio* (Argentina: Fundación Ross, 2009) y *Samandar: libro de viajes/ Book of Travels* (Buenos Aires: Tsé Tsé, 2007).

Ha sido traducida al inglés, sueco, italiano, portugués, rumano, gallego, catalán y mixteca.

Made in the USA
San Bernardino, CA
01 May 2014